ベリーズ文庫

政略結婚は純愛のように

～狼社長は新妻を一途に愛しすぎている～

皐月なおみ

STARTS
スターツ出版株式会社

目次

政略結婚は純愛のように
～狼社長は新妻を一途に愛しすぎている～

秘書室

ウィーンウィーンと規則的な音をたてて、紙を吐き出し続けるコピー機に手をついて、今井由梨《いまいゆり》は窓の外を眺めている。

エアコンがフル回転して、ぽかぽかと暖かいオフィスの中とはうってかわって、窓の外は雪景色である。もしこれが由梨の生まれた街だったら、これだけ雪が降れば交通機関は止まり、大混乱だ。けれどこの街の人たちは皆、雪用のブーツを履き、平気な顔でオフィス街を歩いている。

由梨がこの街に来て、まる五年が経つ。

ぼたもちのような大粒の雪が音もなく、あとからあとから落ちてくる様子は見慣れても、身体の芯まで染み込んでくる寒さだけは、いつまで経ってもつらい。

由梨は、帰り道のことを考えて少しだけ憂鬱《ゆううつ》になった。

ここ、今井コンツェルン北部支社秘書室は、週明けの午前中にもかかわらず、どこかのんびりとした雰囲気である。

由梨の向かいのデスクに座る先輩——長坂《ながさか》は、さっきからメールのチェックをしている。三十代前半でありながら〝秘書室の女帝〟と恐れられる彼女だが、今はマウスをただ動かしているだけだ。隣に座る後輩の西野奈々《にしのなな》は、少し前にトイレに行ったきり戻ってこない。由梨とて、さして急ぎではない会議資料のコピーをしていた。

窓際の席に座る勤続三十五年の蜂須賀《はちすか》室長に至っては、さっきからデスクに頬《ほお》づえをついて、ウトウトと船をこいでいる。時折がくんと頬から手が外れ、慌てて目をこすっている様子がおかしくて、由梨はくすくすと笑った。

もっとも、この様子は嵐が去ったあとの静けさのようなもので、月末に当たる先週までは殺人的な忙しさだった。

今井コンツェルンは大手企業では珍しく、決算期を二月に置いている。先週は、その二月末に当たり、皆、休日返上で働いたのだ。今日くらいはのんびりとしていても許されるだろう。

そして、この秘書室に覇気がない理由がもうひとつ。ここの主に当たる社長、副社長の不在である。

しばらくすると、コピー機がピーと鳴って出来上がりを由梨に知らせる。由梨が屈《かが》んで資料を取り出した時、パタパタと廊下を走る足音が聞こえた。

この足音は奈々だ。『廊下は走らない』と、長坂に学生のように注意される彼女の姿が目に浮かび、由梨は微笑んだ。

果たして予想通り、秘書室のドアがやや乱暴に開かれて、奈々が息を切らして入ってきた。そして眉をひそめた長坂が言葉を発するより早く口を開く。

「ふ、副社長、お戻りです！」

奈々の言葉に、室内にいた全員が目を丸くする。

「ぇぇ⁉　お戻りは明日だろう？」

一番に答えたのは蜂須賀だった。

先ほどまでの眠気は、どこかへ吹っ飛んでしまったようだ。

副社長は、先週末から東京へ出張で、戻りは明日の夕方だったはずだ。秘書室に連絡もなく突然帰社するとは、何か緊急事態でも起こったのかと部屋に緊張が走った。

「はい。ですが、先ほどタクシーで玄関に到着されまして。今は、営業部と経理部を回っておられます」

奈々がその情報をいち早くキャッチできたのは、ここ最上階のトイレを使わずに、下の階へ行っていたからにほかならない。

彼女は入社二年目で秘書室に抜擢された優秀な社員だが、同期と隔離されたこの空間を、やや窮屈に感じる時があるらしい。

トイレだけは営業部や総務部がある下の階のものを使っていて、それについても長坂によく注意を受けていた。

だが、さすがの長坂も今回ばかりはそれについてうるさく言うつもりはないらしい。

「予定変更なんて聞いてないわ、どうしちゃったのかしら、殿は」

そう呟《つぶや》いて、それでも上司を迎えるべく立ち上がった。

今井コンツェルン北部支社の副社長、加賀隆之《かがたかゆき》は一部の社員から陰で〝殿〟と呼ばれている。それは、彼が古くにこの地を治めていた大名に繋《つな》がる名家、加賀家の御曹司だからだ。そして、三十代の若さでありながら、この今井コンツェルン北部支社の、実質的なトップを務める切れ者だ。

出社時、彼は大抵、まっすぐに役員室へは来ない。

下の階で営業部、企画部などへ顔を出し、社員を激励し、時に叱咤するなど、コミュニケーションを取ってから役員室へ上がってくる。

だからこそ、急な彼の帰社を奈々が先に秘書室へ伝えられたのだ。

とはいえあまり時間はないと、由梨が自分のデスクへ戻った時、部屋のドアが再び開かれた。

副社長である加賀隆之が帰社した。

「おかえりなさいませ。お出迎えもせず申し訳ありません」

蜂須賀が頭を下げて、加賀を出迎える。

「いや、当然だ。気にしないでくれ」

加賀はふるりと首を振って、コートを脱ぐ。漆黒の、男性にしてはやや長めの髪についていた滴が、キラリと光った。

由梨が受け取ると、コートは雪が溶けて、しっとりと湿っていた。

「知らせなくてすまない。急用ができてね」

加賀の、蜂須賀へ向けた言葉が耳に入り、由梨はコートをハンガーにかけようとしていた手を止めた。

〝急用〟というのが、自分に関わる話のような気がしたからだ。

「来週水曜の午前中に記者会見を行う。場所はニュースカイホテルだ。準備を頼む」

「では、今井社長の後任が……？」

蜂須賀がやや声を落として尋ねる。加賀は無言で頷《うなず》いた。

そしてコートを手にしたまま身体を強張らせて彼を見ている由梨に、静かな視線を向けた。

「今井さん、話がある。今夜うちへ来てくれないか」

今井家

今井コンツェルン北部支社の前社長、今井博史《ひろし》は由梨の父である。

今井コンツェルンは、戦前に財を成した今井家が率いる国内最大の財閥だ。国内各所に配置された支社の社長は、今井家の血族が就任する決まりがあり、博史もそれに習い、五年前に北部支社の社長に就任した。その時、由梨も父とともにこの地へ来た。ひとりで東京に残るのは、とても耐えられそうになかったからだ。

博史は、由梨が知る限り、ずっと今井家のはみ出し者だった。

彼は今井家で絶大な権力を持つ祖父の唯一の庶子で、それ故に親類縁者からはいつも軽んじられていた。その父の娘である由梨にとっても、生まれ育った東京の今井家の屋敷は、決して居心地のよい場所ではなかった。

都内の一等地にある広大な敷地に、祖父が住む大きな屋敷があり、周りを伯父《おじ》たちの屋敷が取り囲む。しかし、博史だけは自分の屋敷を持っていなかったから、由梨とふたり、祖父のいる本邸に住んでいた。何不自由ない生活はできたが、温かい思い出は皆無だった。

たくさんいる従兄弟《いとこ》たちと同じように名門の学校へ通い、よい教育を受けさせてもらった。だが、何かにつけ『妾《めかけ》の子の子は雑草』などと言われ、悔しい思いをした。

母は由梨が幼い頃に亡くなり、父にはそのような雑音から由梨を守ってくれるほどの気概はなかった。

あの屋敷から抜け出せるのであればと、由梨はわらにもすがる思いでここへ来た。

短大を出たばかりで、なんの経験もない由梨が秘書室に配属されたのは、今井家からの一応の配慮だとは思ったが、余計なお世話だと言わざるを得なかった。

社長である博史の姿を、毎日見続けなくてはならなかったからだ。

実はこの北部支社は、実質的には地元の名家、加賀家が采配する会社だ。

財閥今井家とはいっても万能ではない。特にこの街のように、豪雪地帯にあり、郷土愛が深く根づいた土地では、地元のしきたりに精通していなくては通らない話ばかりだ。それがわからない今井家ではない。

そこで今井家と加賀家は古くから密約を結び、社長を今井家の者が、副社長を加賀家の者が務めることとした。

つまり今井家の社長は〝お飾り〟だ。

博史は北部支社への出向を、ただの厄介払いだと嘆き、次第にやる気をなくしていった。地元の名士で人望も厚い加賀を疎ましがり、何日かに一度、義務的に出社するだけの父を、秘書室で見るのはつらかった。

それでも——この街での生活は、由梨にとっては東京にいるよりはマシなのだ。

ふた言目には『こんな寒い街は嫌だ、東京へ帰りたい』とこぼす父を、由梨は励まし続けたが、彼の気力はついに戻らず、昨年末に当たり前の風邪を引いたと思ったら、呆気《あっけ》なく亡くなった。

葬式は東京でそれなりに立派に行われたが、彼のために涙を流した人は、果たしてどのくらいいただろうか。

由梨に残されたのは、胸にぽかりと空いた空虚さ、それと現実的な問題だった。

由梨は名目上、北部支社の社員だが、実質は父についてこの地に来ただけの今井家の人間だ。博史がいない今、由梨がここにいる意味はない。

しかし、由梨は東京へは帰りたくなかった。

北部支社での仕事は楽しい。仕事を通じてたくさんの人と関わる生活は、由梨を魅了してやまない。

あの息が詰まるような東京の屋敷に再び戻るなど、とても耐えられそうになかった。

現在由梨が住んでいる屋敷は、今井家が北部支社長のために所有するものだから、新しく来る社長家族に、明け渡さなくてはならないだろう。だとしても、できれば近くにアパートを借りて、このまま支社に残りたいと由梨は願っている。

だが、それは現実問題として難しい。今井家の絶対的な権力者である祖父には『今井家に生まれたならば、男は今井コンツェルンのためにすべてを捧げ、女は今井コンツェルンのために嫁げ』と言われて育った。

今年二十六歳になる由梨が、縁談もなくのんびりとしていられたのは、一族のはみ出し者だった博史のお守《も》り役だったからだろう。博史亡き今、いつ東京へ戻され、結婚しろと言われてもおかしくはない。

一方で北部支社のほうは、社長である博史が亡くなっても、加賀副社長のもと悲しいくらいにびくともしない。

だからこそ、いくら年度末でグループ全体が忙しい時期だったとはいえ、社長不在という異常事態を、二ヵ月も続けられているのだ。

だが、それももう終わる。

本社から呼び出されて東京へ行った加賀には、新しい社長の名前と由梨の処遇が伝えられたに違いない。

「えー！　じゃあ、由梨先輩、いなくなっちゃうんですかぁ」

お昼休み、それぞれの席でそれぞれの昼食を広げている中、奈々が声をあげる。

「まだ、わからないけど……」

由梨は家から持ってきたお弁当をつつきながら、うつむいた。

さっき加賀に家へ来るようにと言われてから、急にこの先の不安で頭がいっぱいになり、なんだか食欲がない。

「私、由梨先輩がいなくなるなんて嫌だぁ。ここでは唯一優しい先輩なのにぃー」

奈々がため息をついて、首を振った。

それを、もうひとりの先輩である長坂がジロリと睨む。

「仕方がないでしょう。今井さんはもともとそういう人なのよ。あなた、そういうのを気にしなさすぎよ。本当だったら、私たちとは全く違う世界のお嬢様なんだから」

奈々にはそう小言を言う長坂だったが、彼女こそこの会社で数少ない由梨を特別視しない社員のひとりだ。

加賀とは大学の同級生だという彼女は、〝秘書室の女帝〟だけでなく〝鉄の女〟とも呼ばれ、社内で恐れられている。そして創業者一族の人間である由梨にも、皆と同じように厳しかった。その厳しさが由梨にはありがたく、また心地よかった。

由梨は生まれてから今まで、いつでもどこでも〝今井家の人間〟だった。むやみにへりくだる者、逆にやたらと敵対したがる者。由梨の素性を知る者であれば、東京でも、この街でも、それは変わらない。

そんな中にあって、自然体で接してくれる長坂たちは、貴重な存在だ。

「だって私、由梨先輩のあとに入社したから、なんだかそういう実感がなくて。皆は由梨先輩は、お嬢様だって言うけど、先輩って優しいし……それに毎日、お昼は自分で作ったお弁当じゃないですか。お嬢様って感じ、しないですよね」

由梨が東京へ帰りたくない一番の理由は、この秘書室で働くのが好きだからだ。

短大を卒業したてで右も左もわからない由梨を、長坂は厳しく指導し、働く喜びを教えてくれた。社会人として育ててくれた。去年入った奈々も、由梨を慕ってくれている。どれも東京にいたままでは、経験できなかっただろう。

手放せのひと言で、ハイそうですかと、すぐに言えるはずもない。

「私も、本当は残りたいのだけど……」

味のしないプチトマトを飲み込んで、由梨は呟いた。

「残れるようにお願いはできないの？」

声を落として、長坂が由梨に尋ねる。眼鏡の奥には、心配そうな眼差《まなざ》しがあった。

それを心底ありがたいと由梨は思う。しかし首を振って肩を落とした。

「もちろんできるとは思いますが、その通りになるかというと、話は別だと思います」

『本筋ではない』と、ずいぶん言われた由梨でも、政略結婚のひとつの駒くらいにはなるはずだ。

できればこのままここでひっそりと暮らしていきたい。そんなささやかな由梨の希望を祖父や伯父たちが許すとは思えない。

「新社長の話もそうだけど。一体、どういう話を持って帰ってきたのかしらね、殿は」

そう言って、ため息をついた長坂の視線の先には、副社長室の扉がある。つられて由梨もそこを見つめた。

来週行う記者会見の打ち合わせか、はたまた由梨の今後についてか。さっきから加賀と蜂須賀は、部屋にこもり切りである。

夜には自分の運命が決まる。そう思うと、由梨の胸がキリリと痛んだ。

結局、お弁当はほとんど残してしまった。

加賀の提案

会話の弾まない、静かな夕食だった。

由梨は手にした日本酒のグラス越しに、正面に座っている男をチラチラと見やる。

夕方、定時を過ぎた頃に副社長室から出てきた加賀は、自らが運転する車で由梨を自宅へ連れ帰った。

自宅といっても、加賀家のお屋敷だ。東京の今井家に負けずとも劣らない、純日本家屋の立派な屋敷だった。

夕食を一緒にと言われて由梨は慌てて固辞をしたが、もう準備してあるからと続けられれば、断れない。

そして先ほどから雪景色の日本庭園を横目に、食卓を挟んで気まずい思いとともに向かい合っている。

考えてみれば、由梨は加賀とふたりきりになること自体、初めてだった。ましてや、一緒に食事をすることも。

博史がいた頃は、秘書室内での役割分担として由梨は博史を担当していたし、博史が亡くなったあとは、加賀を担当する蜂須賀や長坂のサポート役に徹している。毎日、顔を合わせ、上司としては尊敬もしているが、個人的な会話を交わした記憶すらないように思う。

それがかえって、今宵の会談が特別なものであると物語る。

おそらく今は、副社長と秘書ではなく、加賀家の当主と今井家の――末席の末席にいるとはいえ――人間として、ここにいるのだろう。

由梨は、改めて加賀をまじまじと観察した。

スーツの上からでもわかる均整の取れた身体つき、いつも見上げてばかりだから、おそらく一八〇センチはあるだろう。そして、整った高い鼻筋とアーモンド色の瞳は、一見すると女性的とも言えるが、男らしい薄い唇《くちびる》のおかげか、絶妙な存在感を醸し出している。

少しクセのある黒髪は、上品に流していて隙がない。いつも背筋は伸びていて、凛とした気品さえ感じる彼は、まさに〝殿〟と呼ばれるのにふさわしいと由梨は思う。

それでいて、用意された懐石を次々と平らげていく様子は、まるで冬の野を駆ける狼《おおかみ》のように男らしい。

「食べないのか」

箸《はし》を止めて、加賀が問いかける。

由梨は、先ほどから加賀が気になって、思うように食が進まなかった。

アーモンド色の瞳が自分を捉えているのだと思うと、身体がなぜか熱くなった。

「……いえ」

由梨は頬を染めてうつむいた。

「口に合わないか」

加賀が眉を寄せる。

「いえ、そ、そうではありません」

由梨は慌てて首を振る。口に合わないどころか、郷土料理をうまく取り入れた加賀家の料理は絶品だと思う。この土地独特の、少し甘い味つけも由梨の口にはぴたりと合った。

由梨はただ、男性とふたりきりでの食事に慣れていないだけだ。

さらに言えば、目の前の加賀に見惚れていた。

しかし、それを正直に言うわけにもいかず、グラスを置いて箸を手に取った。

「ここの食事は、どれも美味《おい》しいです」

そう言って、ゆっくりと料理を口にする。そして気を悪くしていたらどうしようと、上目遣いに加賀を見た。

加賀は特に気にする様子もなく、「そうか」と、言ってわずかに微笑んだ。

（あ、笑った）

考えてみれば、副社長といえども人間なのだから、別に笑ってもおかしくはない。

なのに由梨は、なぜかそこに新鮮な驚きを覚える。

そして、ビジネスの場で彼が微笑むのを見たことはあるが、自分に笑いかけられるのは初めてなのだと気がついた。

意外なほど優しい笑顔だと思った。

「どうした。私の顔に何かついているか」

問いかけられ、慌てて由梨は目を伏せる。まじまじと見つめてしまっていた自分が恥ずかしい。

「い、いえ。なんでもありません」

そう答えると、あとは食事に集中した。

再び加賀が微笑んだ気配を感じたが、もう目を上げられなかった。

「東京で君の伯父さん……今井会長に会ってきた」

食事があらかた終わりに近づいた頃、加賀が口を開いた。

由梨は、食後のお茶の湯呑《ゆのみ》を置いて彼を見つめる。

一年前、今井家のトップは祖父から、祖父の長男である伯父に代わった。

身内とはいえ、もう何年も顔を合わせていない伯父の顔を、由梨は即座には思い出せない。

ただ黙って、加賀の口から自分の今後についての沙汰《さた》が下るのを待った。

どきんどきんと、心臓が痛いくらいに鳴る。

「君のお父さん、今井社長が亡くなられてしばらく経つが、後継の人事は難航しているようだった」

加賀が、男らしい形のいい眉をひそめた。

「先々代からの取り決めで、我が社は副社長を加賀家の者が務め、実質的に采配もするからね。そのような支社の社長になど、なりたくはないというのが、皆さんの本音なのだろう」

加賀の言葉に由梨は無言で頷いた。

しかし〝取り決めだから加賀家の者が采配する〟というのは、少し違うと思った。

郷土愛が強く、ほかの土地からの者を警戒する傾向にあるこの厳しい土地で、今井コンツェルンのように何千人もの社員を抱える大企業を成り立たせるのは、並大抵のことではない。

この街の人々の尊敬を集める加賀家の者でなくては——もっと言えば、目の前にいる加賀隆之でなくてはできないと由梨は思う。

今井家から、いかに優秀な人物が来たとしても、やはり加賀の力なしではうまくはやれないだろう。

それが五年間、秘書室にいた由梨の感想だ。

しかし由梨はそれを口にはしなかった。

「今井会長は、北部支社は私に任せてもいいとおっしゃった」

少しの沈黙のあと、加賀が静かに言った。

由梨は思わず「えっ」と声を漏らしたきり、黙り込んでしまう。それくらい意外な人事だった。何しろ、設立以来守られてきた〝すべての支社の社長は、今井家の血縁の者が就任する〟という伝統が初めて覆ったのだ。

だが裏を返せば、それだけ加賀隆之という男が今井コンツェルンにとって必要なのだろう。事実、彼が副社長に就任した七年前から、北部支社の業績はずっと右肩上がりだ。

「副社長が、社長になられるのですね」

由梨は、確認するようにゆっくりと言った。

「そうだ」

加賀が頷く。

由梨は、ほぅ、と息をついた。

その由梨を、加賀がわずかに目を細めて見ている。

「君は、どう思う？」

「私、ですか？」

意外な加賀の問いかけに、由梨は戸惑いを隠せない。何か重要な場面で意見を聞かれるというのは、初めての経験だった。

由梨は今井家の娘として、自我は抑え、男性に従うのをよしとして育てられてきた。いつも大事なことは祖父や伯父たちが決めて、由梨は自身のことですら自分の考えでは決められなかった。

だが、ここには祖父も伯父もいない。

由梨はそっと背筋を正した。そして小さく深呼吸をすると加賀をまっすぐに見た。

加賀は静かな眼差しで由梨の答えを待っている。

「我が社にとって最良の人事だと思います。我が社は……私が知る限りですが、ずっと加賀副社長のもと、社員が一丸となってきましたから。皆、ふ、副社長だからついてこられたのだと思います。私も一社員として、とても嬉《うれ》しく思います」

つっかえながらの由梨の言葉に、加賀が満足そうに微笑んだ。まるで『よくできました』とでも言うように。

そしてお茶をひと口飲んだ。

その澄んだ強い眼差しに、由梨は普段は穏やかで冷静な加賀の、意外な一面を見たような気がした。

そしてなぜか、幼い頃に動物園で見た狼を思い出していた。

まだ小さい頃、母を亡くして泣いてばかりだった由梨を心配し、父が動物園へ連れていってくれたことがあった。その時に見たオスの狼に、幼い由梨は魅せられた。

銀色の毛並み、強い眼差し。

今になって考えると、唯一の味方だった母を失って弱っていた由梨の心が、強い何かを求めていたのかもしれない。

いつまでも檻《おり》から離れない由梨に、博史が手を焼いていたあの日の記憶は、父との唯一の幸せな思い出だ。

その日から、由梨はすっかり狼の虜《とりこ》になってしまった。従兄弟たちに〝泣き虫由梨〟とそしられるたびに部屋へ閉じこもり、図鑑を眺めた。狼の、強さを秘めた瞳だけが、寂しいと泣く由梨の心を癒やした。

そうしているうちに、母を恋しがって泣く時間も少なくなっていった。

その狼の澄んだ瞳と、今目の前にいる男の瞳を重ね合わせるなど、どうかしているのかもしれない。

それでも加賀隆之という男には、その気高き獣に匹敵する強さがあると由梨は思う。

狼の群れでは頂点に立つオスを〝アルファ〟と呼ぶ。アルファは、圧倒的な強さでもって群れの仲間を守り、導く。

何千人という社員を率いる統率力とカリスマ性、それを兼ね備えた男、加賀隆之はアルファなのかもしれない。

群れのトップに君臨するアルファの誇りと揺るがない自信。図らずも彼の中にあるその輝きを垣間見たような気がして、由梨は思わず息を呑んだ。

一方で、加賀は湯呑を置くと、すぐに穏やかないつもの顔に戻った。

「それで、今後の君の処遇だが」

加賀の言葉に、ぼんやりと彼を見つめていた由梨の背中に緊張が走る。

いよいよ、由梨の運命が言い渡される。

十中八九、東京へ戻れと言われるに違いない。由梨は思わず目を閉じて、机の下で拳を作る。そしてもう、名実ともにこの会社のトップに立つ加賀のもとで働けないのだという事実に、自分でも意外なほどの落胆を感じた。

「今井会長は、君の今後にも頭を悩ませておられた」

由梨は目を開いた。

(なぜ?)

てっきり、さっさと東京へ連れ戻して、今井にとって有利になる男のもとへ嫁がせる算段をしていると思っていたのに。

「今は、君を東京へは戻せないとおっしゃった」

もちろん、由梨もそれは望んでいない。以前と同じような、窮屈な暮らしに戻るなどはまっぴらだ。

「そう……ですか」

伯父の意図がわからず、由梨は呟く。

加賀も、理由については聞いていないのだろう、それ以上は何も言わない。

「君は、東京へ帰りたいか」

加賀が静かに尋ねた。

由梨は少し考えてから、ゆっくりと首を横に振る。

今井家と関係のない加賀にならば、少しくらい希望を言っても、問題はないだろうと思った。

「いえ」

「なぜ？」

再び尋ねる加賀に、由梨は一瞬、オフィスにいるような感覚に陥る。

加賀が社員によく使う言葉だった。なぜそうするのか、なぜその方法なのか、理由を明確にして動け、と。

「と、東京へ帰ったら、お見合いをさせられるような気がします。今井家はそういう家ですから」

加賀が、射抜くような視線で自分を見ている。

由梨は、膝に乗せた両手をぎゅっと握りしめた。

「私、この街も仕事も好きなので……できたらここに残りたいのです。今井のお屋敷を出て、アパートを借りて……」

たかだか自分の希望を言うだけで、情けない話だが、由梨は緊張で少し息苦しさを感じた。

そして、その由梨の希望は、加賀にとっては意外だったらしい。「なるほど」と呟いたまま、口元に手を当てて逡巡《しゅんじゅん》している。

由梨はまたひとつ、加賀の意外な一面を見た。

加賀は成り行き上、由梨のプライベートな事情を知る立場にいるが、本来であれば無関係だ。伯父からの指示を『君はこうしろ』と伝えて、おしまいにしていいはずなのに、こうやって向かい合って話を聞いてくれている。

頼れる上司ではあるが、どこかビジネスライクな考えの持ち主だと思っていた。だが、実は違うのかもしれない。

「だが、今そうしてここへ残ったとしても、いずれは呼び戻されるだろう？」

的確すぎる加賀の指摘に、由梨はうつむいた。

その通りだと思う。だとしても……それでも、少しでも長くこの街で自由に過ごしていたい。

「それは、そうですが……」

伯父が、なぜ今は東京へ帰ってくるなと言うのか、どういう縁談を考えているのか由梨にはわからない。

ひとつだけわかるのは、結婚の先に由梨の自由はないということ。

今井家に縁のある家で、今井家出身の人間として、恥ずかしくないように振る舞い、夫につき従うだけの生活だ。

由梨は不意に泣きだしそうになる。逃れられない運命に、心が押しつぶされそうだった。

「君は」と、加賀が口を開く。

まるで仕事のミスを叱られる時のような気分になり、由梨は身がまえた。君は間違えている——そう言われるような気がして。

ところが、加賀から出た言葉は由梨の想像とは天と地ほどもかけ離れたものだった。

「君は私の妻になる気はあるか」

由梨は耳を疑った。

そして「え?」と声を漏らしたまま、答えるどころか相槌すら打てないでいる。

それなのに、当の本人は涼しい顔で、もう一度繰り返した。

「私の妻になる、というのはどうだ。君はここにいられるし、もちろん、仕事も続けてもらってかまわない。君が望む通り、秘書室で」

まるで、コピーを取っておいてくれと頼むかのような気軽さで、とんでもない提案をする目の前の男を、由梨は唖然《あぜん》として見つめる。

その表情からは、彼が何を考えてそのような話をするのか、全く読み取れなかった。

「私は……」

それでも何か言わなければと、由梨は口を開く。

「ただ……、この街に残りたいというだけで」

由梨の希望は、ここで穏やかな生活を送る、ただそれだけだ。

「都合がいいとは思わないか。私の妻になれば、君はもう今井家から呼び戻されないだろう。この街にいて仕事を続けられる」

そうかもしれないし、そうじゃないような気もする。

由梨の頭の中で、いろいろな思いがぐるぐると浮かんでは消えた。

突然の加賀の提案に混乱して、とてもじゃないが、よい悪いも判断がつかない。何しろ彼の提案は、今まで由梨が想定していたどのパターンからも大きく外れているのだから。

「あの」

ふと思いついて由梨は加賀に問いかけた。

「副社長は、それでよろしいのですか」

由梨は加賀のプライベートについて、彼が独身だということ以外何も知らない。

恋人はいないのだろうか。普通に考えて、これだけの男ぶりで社会的地位のある彼ならば、すでに妻帯していてもおかしくはない。ましてや、彼は名家である加賀家の御曹司なのだ。特に親しくもない部下を妻とする。それのどこに、どんなメリットがあるのだろう。

この素朴な疑問を、加賀は静かな眼差しで受け止める。そして口を開いた。

「私が社長となれば、少なからず反発する者も出るだろう」

由梨は肩をぴくりと震わせる。

東京の屋敷の、口うるさい親戚たちの顔が浮かんだ。

「もちろん、そのような反発は私も……今井会長にとっても想定内ではあるが。君が私の妻となれば、ある一定の理解は得られるだろう」

なるほどと納得すると同時に、由梨の心にもやもやとしたものが広がっていく。

ようやく加賀の意図が理解できた。

今井家の娘である由梨と、次期社長である加賀の婚姻は、今回の異例の人事を穏便に進めるための手段というわけだ。

ついさっきまでは有能な彼が、なぜ由梨を妻にするなどと突拍子もないことを言いだしたのか、理解できなかったが、今、すべてが腑に落ちた。

由梨は加賀が社長となるための駒なのだ。一瞬でも、女性として望まれているのでは、と勘違いした自分が恥ずかしい。加賀のように成熟した男性が、由梨のような世間知らずの女を求めるはずがないというのに。

由梨は加賀から目をそらして、頷いた。

「よくわかりました」

少し声が震えてしまう。

加賀が由梨に話をしたのだから、当然伯父も了承済みなのだろう。

なんだ、結局政略結婚なんじゃないと、由梨は心の中で呟く。所詮、拒否できない話なのだ。

由梨は改めて加賀をまじまじと見る。

今の今まで、彼をそういう対象として見てはいなかった。ただそれは何も加賀に限ったものではない。考えてみれば、由梨は今まで男性と、親しく付き合った経験もなければ、恋しく思った記憶さえなかった。

女子校育ちで男性と知り合う機会が少ないうえに、恋などしても無駄だという気持ちが、そもそも男性への興味を失わせていたように思う。

必然的に、加賀の人となりについてもほとんど知らない。

「あの、副社長はおいくつですか」

由梨は恐る恐る尋ねた。

いくらなんでも、結婚相手になるかもしれない人の事情を何も知らないでいるのは不都合だ。

「……三十三だ」

年齢も知らなかったのかというような表情で、加賀が答える。

「えっ！」

由梨は思わず声をあげた。そして慌てて口に手を当てて、彼から目をそらす。

加賀はそんな由梨をジロリと睨むと、「意外か」と言った。

由梨は、両手で口を覆ったまま真っ赤になってしまう。

もちろん意外だった。なんとなく、もっと年上のように思っていたからだ。

もっとも、考えてみれば彼は長坂と大学の同期なのだから、そんなはずはない。なのに、彼の持つ独特の落ち着きがそう思わせていた。

加賀はそんな由梨の様子に右の眉を上げると、ニヤリと笑った。

（あ、また……）

由梨の胸が、どきりと音をたてる。

目の前の男は実力も地位も揃《そろ》った、本当であれば由梨など足元にも及ばない存在で、自分が隣に添う姿など想像もできない。

それでもなぜか彼の笑顔を、もう少し見たいとも思った。

「少し考えてみるといい。無理強いはしない。断ったとしても、可能な限り社にいられるよう手配しよう」

加賀がお茶の残りを飲み干して言った。

「考える……？」

由梨は首を傾《かし》げる。

意外な話だった。

伯父と話がついているならば、由梨の意思など関係はないはずなのに。

「私が、選ぶのですか？」

加賀が頷く。

「そうだ。君が決めてくれ」

由梨は目を見開いた。

このように重要な話を、自分で決めてよいのだろうか。

もし由梨が断ったら、加賀の立場はどうなるのだろう。

「ふ、副社長は、どうするべきだと思いますか」

由梨は、うっかりすると声が震えそうになるのを懸命に抑えて尋ねた。

「私の望みは先ほど言った通りだ。君と結婚するべきだと思っている」

一片の迷いもなく加賀は言う。でもそれは、今井コンツェルン北部支社の新社長としての言葉だと由梨は思う。加賀隆之自身は、由梨と夫婦となることをどう思っているのだろうか。

もちろん、それは聞けなかった。

「しかし、先ほど言ったように強制ではない。ゆっくり考えるといい」

それだけ言うと加賀は立ち上がる。

会食は終わった。

しばらく由梨は立ち上がれずに、座ったまま膝の上の震える手を見つめていた。

結局、由梨と加賀が話し込んでいる間に雪が激しくなり、由梨は加賀の屋敷に泊まるはめになった。

加賀との会談で少なからず混乱した由梨は、本心では歩いてでも自宅へ戻りたいと思ったが、危険だと言われては仕方がない。

優しそうな秋元《あきもと》という初老の女性に案内された客間の布団の中で、由梨は窓の外を見つめていた。

断熱に優れた加賀家の窓を通しても、ヒューヒューと吹雪く音が聞こえる。

この街は好きだ、でも吹雪の日の風の音はいつまで経っても苦手だった。普段は胸に閉じ込めている由梨の孤独が無理やり起こされるようで、眠れなくなる。

由梨は小さくため息をついてそっと部屋を出た。

こうなるとなかなか眠れないのを、経験上知っている。せめて何か温かい飲み物でももらえないだろうかと秋元を探した。

「どうかしたのか」

廊下で声をかけられて振り向くと、薄暗い中に加賀がいた。

「勝手にうろうろしてすみません。眠れないので、何か飲み物をいただけないかと思いまして」

慌てて由梨は、頭を下げる。そして部屋着姿の加賀を見て、どこか気恥ずかしい思いをした。

スーツ以外のものを身に着けている彼を見るのは初めてだ。

五年間もそばで働いていたのに、今日一日だけで、今までの何倍も知らなかった加賀の一面を知ったと思う。

薄暗い中で、加賀が微笑んだ。

「おいで」

そう言ってキッチンへ向かう加賀の背中を、由梨は追う。

キッチンに着くと加賀は由梨に、「ホットミルクでいいか」と確認して、自ら作り始めた。その仕草があまりにも自然で、固辞することもできずに由梨はカウンターの椅子でそれを見つめている。

いつもは書類をめくる大きな男らしい手が、くつくつと沸きそうで沸かないミルクを優しくかき混ぜる。

やがて蜂蜜が入った、そしてシナモンパウダーまで添えてある完璧なホットミルクが出来上がる。

「あ、ありがとうございます」

カップを受け取りながら、由梨は不思議な気持ちになった。

今日の朝までは考えもしなかった。加賀とこのような時間を共有するなんて。

ふーふーと冷ましてから、ミルクを口に含むと、温かさが胸いっぱいに広がった。

「美味しい……」

呟いて思わず笑顔になった由梨を加賀も微笑んで見ている。

政略結婚なんて、ひとかけらの情も交わさない冷たいものだと思っていたけれど、それだけでもないのかもしれないという思いが浮かんだ。

秘書とは意外と地味な仕事である、と由梨は思う。

特に今の上司の加賀に関して言えば、外出先へ連れていくのは決まって蜂須賀だし、社内ではほとんど部屋にこもって業務に当たる。従って、加賀と由梨が直接話をする機会はあまりない。

今の由梨は、長坂から振られるデータ入力などの資料整理、来客の際に出すお茶菓子の買い出しなど、雑務を黙々とこなす毎日である。

実は、由梨はこういった作業が得意だった。

小さい頃から人前に出るのが苦手で、学生時代の学芸会などは大抵、裏方に徹していた。そして表舞台に立つ人たちが、自分がした作業によって輝く姿を見るのが好きだった。

だから、実際の秘書業務が縁の下の力持ちのような仕事なのだとわかった時は、ずいぶんと安堵し、また喜んだものだ。

今日は長坂の指示で、買い物に出た。午後から加賀を訪ねて来社する地元百貨店の会長のために、好物の羊羹《ようかん》を買いに行っていたのである。その場で出す分とは別に、手土産用にいくつかを買うと少し重くなってしまったが、茶菓子を出すといつも柔和に微笑んで声をかけてくれる会長に喜んでもらえるだろう。そう思うと、自然と由梨の口元は緩んだ。

社に戻った由梨は、ふと思いついてエレベーターを途中で降りた。ついでに総務課に寄って、コピー用紙をもらって帰ろう。出がけに確認したところ、予備の分も含めて、すべてなくなりかけていた。

そうして、誰もいない廊下を進んでいると、突き当たりの角から背の高い男性がやや足早に現れた。

「っ……！」

「おっと」

危うくぶつかりそうになって、由梨が思わずのけぞると、相手の男性が自身も驚きながら、ゆらりと体勢を崩した由梨を大きな腕で危なげなく支えた。

加賀だった。

「ふくしゃっ……！」

「しっ」

由梨は思わず声をあげそうになるが、加賀に指で優しく指示をされて慌てて黙り込む。そして目を白黒させているうちに、腕を取られ、近くの自動販売機コーナーへ引き込まれてしまった。

「ちょっと、ごめん」

加賀は囁《ささや》くようにそう言うと、廊下からふたりが見えないように機械の陰に手をついて、由梨をかばうように身を隠す。

そして廊下に気配を集中させた。

まるで抱きしめられているようなその姿勢に、由梨の鼓動が急に速度を上げていく。

少し甘い彼の香りをふわりと感じて、耳まで真っ赤になってしまった。

由梨は、胸に抱えた羊羹の袋をぎゅっと抱きしめる。

ややあって、数人の女性たちの足音が近づいてきた。

「あれー？　いないわね、副社長」

「おかしいなぁ、確かに副社長だと思ったんだけど……見間違いだったのかなぁ？」

「今日こそは聞こうと思ったのにね、彼女がいるかどうか」

「いっつも、はぐらかされてばかりだものね！」

彼女たちの会話を聞いて、由梨はようやく彼が身を隠した理由《わけ》がわかった。

社員とはなるべくコミュニケーションを取ろうと心がけている彼も、ああいった話題は苦手なのかもしれない。

チラリと見上げると、気まずそうな加賀と目が合う。

びっくりするくらい近い距離に、由梨は慌ててうつむいた。耳まで熱くなってきた。

しばらくして彼女たちが去ると、加賀が小さくため息をついた。

「ごめん」

そしてもう一度小さく謝ってから由梨から身を離す。その時何かが引っかかり「あれ」と呟いてうつむいた。

由梨の髪が、加賀のネクタイピンに絡まっている。

「待って、すぐに外すから」

こんなに近いところから、彼の声を聞くのは初めてだった。低くて少し甘いその響きが、由梨の耳をくすぐる。

長い綺麗《きれい》な指が由梨の髪先に触れるのを、なぜか由梨は直視できなかった。

髪になど神経は通っていないのに、まるで直接触れられているような心地がするのはなぜだろう。

由梨の髪は、シルバーにゴールドの透かし模様という繊細なデザインのネクタイピンに絡みつき、なかなか解けない。

まるで自分の心のようだと由梨は思う。

加賀にプロポーズされてから、ずっと彼のことが頭を離れない。解こうとすればするほどに、絡みつき、こんがらがってぐちゃぐちゃになっていく……。

「あの、切っちゃってください」

耐えられなくなって、由梨は言う。

髪などはすぐ伸びる。それより、心臓に悪いこの状況から、とにかく脱したかった。

「もう少しだから」

加賀は由梨をなだめるように呟くと、一本一本丁寧に外していく。そうして、ようやくすべてを外し終えると、わずかに微笑んで、ゆっくりと由梨から離れた。

由梨はすっかり火照《ほて》ってしまった顔を見られたくなくて、うつむいた。

「すみません。私が髪をまとめていなかったから」

肩より少し下の由梨の髪は、就業中は大抵ひとつにまとめている。

今日は外に出る際に、マフラーを忘れたのを思い出し、少しでも寒さを凌げるようにと外したのだ。だとしても、やはり会社に戻ってすぐにまとめるべきだったかもしれない。

「規則では髪型は自由だろう。でも言われてみれば、君が髪を下ろしているのは珍しいな」

加賀がアーモンド色の瞳を瞬《また》かせる。

そして由梨の髪に手を伸ばした。

「副社長……？」

ゆっくりと近づく大きな手を、不思議な気持ちで見つめながら由梨は呼びかけた。

するとその大きな手はぴたりと止まり、拳を作って離れた。

「いや、すまない。下ろしているのもいいと思うよ」

その言葉があまりにも意外なものだったので、由梨が何も言えないでいるうちに加賀は、後ろを振り返る。

「それにいきなり隠れたりして申し訳ない。咄嗟《とっさ》に……でも考えてみれば何も逃げる必要はなかったかな。いやでも、あの手の話は長くなるし」

珍しく言い訳のような言葉を口にして頭を掻《か》く。そんな彼がおかしくて、由梨は思わず口元を緩ませた。

加賀が右の眉を上げた。

「笑ったな？」

「あ、いえ、すみません」

慌てて笑みを引っ込めた由梨に加賀が吹き出す。そして大きな肩を揺らしてくっくっと笑った。

「いや、いいよ。でも、できればこの話は黙っててもらえると、ありがたい」

「は、はい」

そんな風に笑う彼を見るのは、初めてだった。

多分……きっと……由梨だけではなく、会社の中では誰も知らないのではないか、そんな気がして、由梨の胸が熱くなった。

加賀隆之という男

由梨が加賀と話をした次の週の水曜日の午後、蜂須賀以外の秘書室の面々は由梨のパソコンの画面を食い入るように見つめていた。

午前中に行われた加賀の記者会見が、もうネットニュースになっている。カテゴリーは地域ニュースだが、動画も上がっていて、一会社の社長就任のニュースとしては異例の扱われ方である。

それだけ、この街にとって加賀の存在は大きいのだ。

由梨は画面の中で、記者の質問に的確に答えていく加賀を見つめながら、不思議な気持ちになる。

上質なスーツを着こなし、たくさんの人に囲まれても堂々としている彼は、本当にあの夜、自分にホットミルクを作ってくれた彼と、同一人物なのだろうか。

「さっすが、うちの新社長！」

奈々が心の底から感心したという様子で声をあげた。

「長年の慣例すら変えてしまうなんて！　下の階の女子社員は大騒ぎですよ！　でも、

これで秘書室の私はまた針のむしろです。ううっ」

奈々がおどけて口にした言葉に、長坂が眉をひそめた。

由梨は驚いて彼女を見る。

「奈々ちゃん、どうして針のむしろなの？」

奈々は「これだから由梨先輩は」と、呆《あき》れたように言った。

「いいですか？　由梨先輩、社長は全社員の憧れです！　目標です！　特に女子社員は皆、隙あらばお近づきになりたいと思っているのですよ！　従って、秘書室の女子は妬《ねた》まれて当然なのです」

長坂が「バカバカしい」と呟いて首を振った。

「そうなの⁉」

由梨は声をあげる。でもそういえば……と、三階の廊下で彼と遭遇した時の出来事を思い出した。あの時の彼の様子からいくと、ああいったことは一度や二度ではないのだろう。見た目もよくて実力もある彼が、一部の女性社員の関心を引いているのは確かなようだ。

だからといって、秘書室だというだけで妬まれるほどだなんて。

「知らなかった……」

父とともに途中入社した由梨には、奈々のように同期はいない。

秘書室の人間以外に社内に親しい人もいないから、噂《うわさ》話などは耳に入りにくいのだ。むしろ、自分自身が噂の対象になりやすいという事情から、由梨は意識的にそういう人の輪からは遠ざかるようにしている。

隣で長坂が吹き出した。

「今井さん、本当に殿に興味がないのね」

そんなことないですと言おうとして、由梨は首を振ったが、そういえば正確な年齢も知らなかった。あの日の彼の憮然とした表情が頭に浮かんだ。

「社長がモテるのって社内だけじゃないんですよー」と、奈々が続ける。

「経済誌にもよく載るから、どこぞの会社のご令嬢とかモデルさんとか、いろいろな方と噂になってますよね。そういう意味では社内の女子なんて、とてもじゃないけど望みはないんです。それでも、だからこそ憧れてしまうんですねー」

由梨の胸に、ちくりとトゲが刺さったみたいな痛みが走る。

恋人がいてもおかしくはないなんて思いながら、本当にいるかもしれないと思うとなんだか嫌な気持ちになった。

「ここ最近のは、噂だけよ。本当の付き合いはないわ」

長坂が訳知り顔で言う。

「えー‼なんでわかるんですか？」

「そんなの、スケジュール管理をしていれば一目瞭然でしょう。もっとも、以前……

そうね、五年くらい前までは相当に乱れたものだったけど」

長坂は意味ありげに由梨を見るが、由梨には彼女が何を言わんとしているのかはいまいちわからなかった。

「そういえば、長坂先輩は社長と大学で同期生でしたね。あ！　もしかして……」

奈々は大袈裟に口を押さえて、長坂を見る。

その視線を受けた長坂は、大きなため息をついた。

「バカバカしいこと言わないで。殿とは、今も昔も目的を同じくする同志のようなものだわ。それ以上でも、それ以下でもない」

奈々も言ってはみたものの、ふたりの間に何かあるなどと、本気では思っていないらしい。

「そうですよねー」と、あっさりと流す。

由梨はそれよりも〝相当に乱れたものだった〟という部分に引っかかりを感じた。

（まだ本当に結婚するかどうかもわからないのに、バカみたい）

慌ててその引っかかりを振り切るように首を振った。

「まぁでも社長くらいの男が、なんにもなかったとしたら逆に怖いですもんね」

奈々が、ボールペンで自分のアゴをつつきながら言った。

「彼が加賀家の御曹司なのは、彼を取り囲む大抵の人は知っているもの。それに加えて、あの見てくれに社会的地位……周りは放っておかないわ。大体は、女のほうに言い寄られて付き合うんだけど、あまり長続きはしないの。それで別れたら、また別の女に言い寄られて。その繰り返しね」

長坂はため息をついて首を振った。

「ひぇー、うらやましい。でも、そんなに引く手数多《あまた》なのになんでまだ独身なんでしょう。いっそ結婚してくれれば、私たちに対する風当たりも弱くなるのに」

何げない奈々の言葉に、由梨の胸がどきりと鳴った。

今までだったらなんとも思わなかった話題に、つい過剰反応してしまう。

「そりゃあ、彼は普通の家の人ではないのだから、自分が好きだからというだけで結婚はできないのよ。加賀家にふさわしい相手を探しているんじゃないかしら」

由梨の胸が、今度はキリリと痛んだ。

加賀は、由梨を好きだというわけではなくても、加賀家にはふさわしいと思ったのだろうか。

「ここだけの話……」

長坂が一段声を落とす。

それに合わせて、ふたりも耳を寄せた。

「今度こそ、殿も年貢の納め時だって言われているのよ」

「どういう意味ですか？」

由梨は思わず聞いた。

長坂が由梨が興味を示したことに若干の驚きを見せつつ、話を続ける。

「加賀家の人間が北部支社の社長になるっていう話は、この街の人間は大歓迎だわ。でも今井家のほうではそうとは限らないでしょう？」

長坂に横目で見られ、由梨はなんと言っていいかわからずに、曖昧に微笑む。

「だから、殿が今井家の娘と結婚するんじゃないかって噂があるの。そうすれば、殿は一応、今井家の縁続きになるもの」

もうそんな噂が流れているのかと、由梨は驚きを隠せない。そして加賀が結婚の話を出した時に、すぐにそうと思い当たらなかった自分を恥じた。

噂になるくらい、誰にだって思いつく話なのに。やっぱり、自分はぼんやりで世間知らずだ。加賀にはふさわしくない。

「今井家には、年頃の娘さんがたくさんいらっしゃるでしょう?」

長坂が由梨を試すように見た。由梨はうつむいて頷く。本家と呼ばれる今井家の敷地内にいる者だけでも、五人くらいはいるはずだ。

由梨は従姉妹たちの顔を思い浮かべた。

そしてあることに気がついた。

加賀が結婚についての判断を、由梨に委ねた理由だ。

社長就任は決まっているのに、結婚するかどうかは由梨が決めてよいと、加賀は言った。由梨は、自分が断ったらどうするのだろうなどと考えていたが、それはとんでもない思い上がりだった。

加賀にとっては、痛くもかゆくもないのだ。たとえ由梨が断ったとしても、その代わりはいくらでもいるのだから。

従姉妹たちは、由梨にこそいい顔を見せないが、皆美しい。もしかしたら、加賀は由梨が断るのを期待しているのかも。

そんな卑屈な考えが由梨の頭に浮かんだ時――。

「我が社の秘書室は、社長の縁談の心配までしてくれるのか。ありがたい」

低音のよく通る声が聞こえて、三人ともが一斉に声のしたほうを振り向く。

加賀が腕を組んで、入口のドアにもたれかかっていた。

奈々は「ひぃ」と小さく声をあげ、長坂は「ちっ」と舌打ちをして、それぞれ自席へ戻る。

由梨も慌ててブラウザを閉じた。

加賀は嫌味を言ったものの、それ以上、小言を並べるような真似はしない。後ろにいる蜂須賀にコートを渡すと由梨を見た。

「今井さん、急で申し訳ないが、明日のレセプションに同行してもらえないかな」

由梨はパソコン画面から顔を上げた。

「え？」

今日の記者会見での社長就任発表を受けてのレセプションである。近くのホテルで各関係先を招待してのパーティーだ。秘書室からは、蜂須賀が出席予定だった。

多忙な加賀の予定は、早朝から深夜にわたる。それでも加賀は、たとえ気心の知れた長坂であっても、女性社員を夜の予定には同行させなかった。

だから当然、明日も蜂須賀のみと思っていたのだが……。

由梨は戸惑いながらも頷いた。

「わ、わかりました」

イレギュラーだとはいえ、仕事なのだから、断るわけにはいかない。

「頼んだよ。服は準備させるから、君は早めに出て」

そう言い残すとわずかに微笑んで、社長室のほうへ消えていった。

長坂が、「そういえば、今井さんも今井家のご令嬢なのよね」と、意味ありげに呟いたのが聞こえたが、由梨は気がつかないフリをして、パソコンの画面をじっと見つめた。

外は相変わらずの雪だったが、会場は集まった人たちの熱気で暑いくらいだった。

由梨は、仕事の書類など一切入らない小さなバッグを抱いて、エントランスに立っている。

お昼休みが済んだ頃に、加賀から指示を受けたと言って会社に由梨を迎えに来たのは、屋敷にいたあの秋元だった。

確かに加賀は早めに出ろと言ったが、これじゃあいくらなんでも早すぎるのではと由梨は思った。が、『間に合わなくなります』と急《せ》かされて、仕方なく会社を出る。

それから、加賀家の御用達だという美容室に連れていかれて、髪を結い上げられた。いつもはほとんどしないメイクをほどこされて、ひと目で上等なものとわかる薄緑色の振り袖を着つけられる。仕上がった頃には、ぐったりと疲れてしまっていた。

加賀と蜂須賀とは現地で集合だと言われて、会場へ送ってもらったはいいが、人の熱気に圧倒されるばかり。これじゃあ会えるのはいつになることやらと、由梨が不安になった時、肩を叩《たた》かれた。

「今井さん」

振り返ると、そこにいたのは蜂須賀だった。

「室長。よかった」

由梨は安堵のため息をつく。

「人がいっぱいでお会いできないかと思いました」

「いや見違えたよ！　危うく見過ごすところだった。普段から可愛らしいとは思っていたが、華やかな装いがここまで似合うとはね」

蜂須賀は大袈裟に言ってから、わざとらしく口を押さえた。

「おっと、こんな風に言うとセクハラになっちゃうかな」

由梨はくすくすと笑ってしまう。

亡くなった由梨の父よりも年上である蜂須賀は、秘書室のメンバーからはいつもおじいちゃん扱いだ。

由梨がセクハラなどと言わないとわかっていて、時々こんな風におどけてみせる。

「ははは、社長もお喜びになるだろう。お待ちかねだよ。さあ、控え室はこっちだ」

蜂須賀と連れ立って向かった控え室で、加賀はソファに長い足を組んで座り、レセプション用の資料を読み込んでいた。

「社長、今井さんが到着されました」

蜂須賀が声をかけると顔を上げる。

そして蜂須賀の後ろに控えている由梨を見て、驚いたように目を見張った。

「……社長？」

蜂須賀が尋ねると、ハッとしてすぐにいつもの社長の顔で微笑む。

「あぁ今井さん、お疲れさま。今日は少し堅苦しい思いをするかもしれないが、よろしく」

「はい、精一杯頑張ります」

由梨は少し緊張して頷く。

会場に到着した時の人混みを思い出すと、手が震える。人前に出るのは苦手中の苦手だが、新社長・加賀隆之のお披露目であるこのレセプションは、会社にとっても重要な会だ。

失敗はできない。

「いやぁ、リラックス、リラックス」

蜂須賀が、いつもの柔和な笑みを見せて少しおどけて由梨に言う。

「うまくやろうなんて思わなくていいよ。こんなに可愛らしいんだから、いるだけで！　そうですよねぇ、社長？」

話を振られた加賀はというと軽く咳払いをして「あぁ」と言った。少し顔が赤い。

人前に出る仕事には慣れている彼でも、人生でそう何度もないだろうこのような機会に、さすがに緊張しているのかもしれない。

「海外からのお客様もいらっしゃるから、このように華やかな場でいいお年の社長にパートナーがいないとなると格好悪いだろう。だから、今井さんにお願いしたのだけれど」

蜂須賀が機嫌よく言って、由梨をまじまじと見る。

「いや、それにしても可愛らしい。うちには息子しかいないが、こういうのを見ると娘が欲しかったなぁと思うよ」

少し着飾ったくらいで大袈裟すぎる、と由梨は思う。でもこれは、おそらくは由梨が緊張しすぎないように、空気を和らげてくれているのだろう。

その気遣いが嬉しくて、蜂須賀に微笑んだ。

「ありがとうございます、室長」

蜂須賀は、嬉しそうにうんうんと頷いて加賀を見た。

「開始はもう間もなくですな、社長。始まる前に私はお手洗いに行ってまいります。

何しろ年寄りはトイレが近い」

加賀が頷くと、蜂須賀は年寄りとは思えない素早さで入口へ向かう。そしてドアの前で振り返り、何やら意味深な笑みを浮かべてから出ていった。

ドアが完全に閉まるのを確認してから加賀が立ち上がる。

そして由梨を見た。

「その着物は……？」

視線は由梨の着物に注がれている。

由梨はハッとして、頭を下げた。

「あ、社長のおうちのものをお借りしました。ありがとうございます」

今日の由梨の衣装は当初、レンタルをする予定だった。

それなのに、会社に現れた秋元は『レンタルなんてダメです』と息巻いて、なぜか着物を持参していた。それを、有無を言わさず着つけられたのだ。

彼女が持ってきた着物は確かにレンタルなど足元にも及ばない立派なものだったので、由梨はおとなしく従ったのだ。

「やっぱり。それは母のものだよ」

少し感慨深げに加賀が言う。

「え？」

隆之は少し眩《まぶ》しそうに瞬きをした。

「小さい頃に亡くなっているからね。私自身はあまり覚えていない。……でも、父の部屋に飾ってある若い頃の母の写真が、確かその着物だ」

思いがけない加賀の言葉に、由梨は恐縮して真っ青になった。

確かにレンタルのものとは格が違うと、ひと目でわかるくらいによいものだ。さすが加賀家だと思ったのだが、まさかそれほどのものだなんて。

「すみませんっ、そんな大切なもの」

思い出の詰まった大切な品に軽々しく袖を通してしまったことを申し訳なく思った。しかし、レセプション開始までもうあと少しだ。着替える時間はない。

「謝らなくていい。気にはしていない。いや、その……そうじゃなくて……」

加賀が、彼にしては珍しく、少ししどろもどろになって首に手をやる。

そして少し熱を含んだ視線を、由梨に送った。

「とても似合っているよ」

「え……」

由梨の口から掠《かす》れた声が漏れた。

加賀が、足音も立てずに一歩、由梨に近づく。

「君は、普段の姿も可愛いけれど、華やかな装いも驚くほど素敵だ」

加賀からの突然の称賛に、由梨は息が止まりそうになって、さらに心臓も止まりそうになった。

「そんな、素敵だなんて、か、からかわないでください」

喉がカラカラで、うまく言葉を返せない。

万事に〝派手〟を好む今井家では、何かにつけ着飾って親族が集まる。そのような時は、由梨も用意された着物やドレスを身に着けた。だが、いつも『何を着ても地味だ』などと言われるだけで、褒められた記憶などない。

普段はあまり軽口を叩かない彼だ。これも、蜂須賀のように由梨の緊張を和らげるために冗談を言ってくれているのだろう。

けれど加賀は首を振って、もう一歩由梨に近づく。

そして、ふっと笑みを漏らした。

「からかってなどいない。本当に、綺麗だ。なんだか皆に見せるのがもったいないな」

「しゃ、社長！」

由梨は泣きださんばかりに、真っ赤になって声をあげる。

もう、これ以上はやめてほしい。褒められるのには慣れていない。それどころか、苦手意識すらあるというのに。

身の置きどころがなく、もじもじとしてしまう由梨を見つめて、加賀はくすりと笑った。

「本当だ。私は、嘘《うそ》は言わない」

そして由梨のほうへ手を伸ばす。

大きくて綺麗な手が、すっかり熱くなってしまった頬にゆっくりと近づいてくるのを見つめて、由梨は金縛りにあったように動けなくなってしまう。

あと少し……あと少しであの手が自分に触れる。この前のように髪の先ではなく、直接自分の肌に……。

そんな光景が頭に浮かんで、由梨は思わず身体を震わせた。

その時、ドアがコンコンと鳴った。

「社長、お時間です」

扉の向こうから、レセプションの開始を告げる係の声。

手を止めて振り返り「今行く」と答える加賀に、由梨は落胆とも安堵とも取れるため息を漏らす。

嫌悪感はない。

あったのは、あの綺麗な手に触れられたらどうなってしまうのだろうという未知に対する恐れと、それでもそれが欲しいという、今まで感じたことがない正体不明の期待感。

そんな由梨の内心を見透かしたのか、加賀がもう一度、くすりと笑う。

そして、その手で自らのネクタイをもう一度整えると、「行こう」と言った。


レセプションの招待客とにこやかに歓談する加賀の隣で由梨も笑顔を浮かべている。

蜂須賀は今日の由梨を華やかだと言ったけれど、由梨から見れば隣にいるこの男のほうが、数段上だ。

胸元のポケットから、えんじ色のチーフをのぞかせた上質なスーツは、会場の煌《きら》びやかな照明に上品な光沢を放っている。それを堂々と着こなす加賀は、レセプションの場にふさわしく優雅に笑みを浮かべ、眩しいくらいに華やかだ。

招待客への対応もスマートで、思わず見惚れてしまいそうになりながら、由梨は自身も失礼のないよう振る舞うのに必死だった。

「いやぁ、それにしても今井さんの末のお嬢さんが、このように可愛らしい方だとは知りませんでした」

　初老の男性に話しかけられて、由梨は頬を染めてうつむいた。

　会場は相変わらずの熱気だが、頬が熱いのはそのせいではない。

「わ、私はあまり、このような場には出ませんでしたから……。慣れていなくて、申し訳ありません」

　レセプションで加賀について回るうちに、由梨は今日自分が呼ばれた本当の意味を理解した。

　由梨が加賀の隣で微笑んでいるだけで、加賀の社長就任を今井家も祝福していると示すことができる。

　今日の由梨は、今井コンツェルンの社員としてではなく、今井家の代表として呼ばれたのだ。

　ただ、今井家の娘ではあっても表舞台に立つ機会が極端に少なかった由梨は、自分がこの場にふさわしい振る舞いができているという自信がなかった。

「そのように控えめなところも、愛らしい。ぜひうちの息子を紹介したいですなぁ」

　男性のお世辞にもうまく答えられなくて困ってしまっていると、別の招待客と話していたはずの加賀がいつの間にか隣に来た。

「石川《いしかわ》会長、彼女はまだお父様を亡くしたばかりですから……」

さりげなくかばわれて、由梨は余計に情けない気持ちになる。手にしているワイングラスを握りしめた。

「おぉ、そうでしたな。これは申し訳ない……お父様は残念でした」

男性が白い眉を下げる。

由梨は口元だけで微笑んで、うつむいた。

「ありがとうございます。もともと、身体の強いほうではありませんでしたが。いなくなると寂しいものです」

実際、生きていた頃もあまり会話があったとは言えないけれど、いないとなると寂しい。

ただでさえ広く寒々しい屋敷が、なおさら広く感じられて、二ヵ月以上が経った今も慣れない。

「そうですな……。私も母が亡くなった時は、九十歳の大往生だったんですが、それでも心にぽっかりと穴が空いたように感じたものです」

石川と呼ばれた男性の慈愛に満ちた言葉に、誠実なものを感じて由梨は温かい気持ちになる。

葬儀の時は〝お悔やみの言葉〟を山ほどかけられた。

しかしどれも通りいっぺんの上辺だけのもので、由梨の気持ちに寄り添ってくれる言葉はひとつもなかったように思う。

「それでも、いつかは息子に会わせたいですなぁ」

石川が目を細めて微笑むのにつられ、由梨も笑顔になる。石川が期待するようなことにはならないだろうが、このような人の息子なら優しいだろうと思う。

その時、肩に温かいものを感じて由梨は振り返った。

加賀が由梨の肩に大きな手を乗せている。

「石川会長、せっかくですが今井君は我が社の秘書室の優秀な人材でして。辞められたりしたら困るのです。ご容赦を」

石川が、声をあげて笑いだした。

「ははは、これはこれは。加賀新社長の鉄壁の守りを崩せそうにはありませんな！」

加賀は、優雅に微笑んでいる。

彼がこのように由梨をかばってくれるのは、由梨がまだ結婚についての返事をしていないからだろう。

その笑顔を複雑な気持ちで見上げながら、由梨も曖昧に微笑んだ。

「今日はすまなかったね」

帰りの車の中で静かに加賀が言った。

広くて居心地のよい車内で、それでも窮屈そうに組まれている彼の長い足を、不思議な気持ちで見ていた由梨は、突然の謝罪の意味がわからずに首を傾げる。

「レセプションに出席してもらったことだ。まだ、返事ももらっていないのにパートナー役を務めさせてしまった」

あぁと合点して、由梨は首を振った。

「いいえ、大丈夫です」

レセプションに出席してみて、加賀家と今井家の間に縁談の噂があると言った長坂の話は本当だったとわかった。

今夜、由梨は亡くなった博史の代理のような立ち位置でレセプションに出たはずなのに、加賀の婚約者だとでもいうような態度で彼女に接してくる者も少なくはなかったからだ。

加賀はその都度、やんわりと否定をしてくれたが、どうせ近々そうなるのだろうという特別な目で見られていたような気がした。

とはいえ。

自分が隣にいることで、今井家と友好関係を保ちつつ加賀が社長に就任したと世間に印象づけられたはずだ。

少しでも役に立てたのならそれでいいと、ささやかな充実感に由梨は微笑む。

加賀が眩しそうに目を細めた。

そして躊躇《ためら》いながら口を開く。

「返事はいつでもいいと言ったが……」

いつも物事をよく考えてから話をする彼にしては、珍しく言いよどみ、そのまま黙り込む。

「え？」

由梨は聞き返してしまってから、プロポーズの返事の話だと気がついた。

ゆっくり考えてと言われて、その言葉に甘えてしまっている由梨だが、本当は加賀のように社会的地位がある者が、プライベートとはいえ、曖昧にしているのはよくないのかもしれない。

今夜だって、たくさんの人に疑念の目で見られたのだから。

「いや……。ゆっくり考えてくれ」

そう言って、加賀は流れる車窓の景色に視線を移した。

本当は、さっさと断ってくれと思われているんじゃないかなどという卑屈な考えが浮かぶ。

そうすれば加賀は、今井家の中でも最もさえない由梨ではなく、華やかで美しい従姉妹たちの誰かと結婚できるのだ。

由梨の心がずんと重くなる。

加賀に求婚されてから数日経つが、残念ながら、由梨の中で答えが出る気配は全くない。

断れば、従姉妹たちの中の誰かが彼の隣に立つと思うと嫌な気持ちになることは確かだが、だからといって自分が……と想像すると、そのほうがありえないと思ってしまうのだ。

結婚の話が出て、改めて加賀隆之という男の魅力をたくさん知った。

それに胸をときめかせているのも事実だ。

でも……。

だからこそ……。

自分の将来ですら満足に決められない、こんな自分はやっぱり彼にはふさわしくないと思ってしまうのだった。

「本日は、お疲れさまでございました」

前の週に泊まった加賀家の客間で、由梨は秋元に着物を脱ぐのを手伝ってもらっていた。着つけと着物の管理くらいは由梨にもできるが、今日着ていた振り袖は加賀家から借りたものだ。クリーニングに出す際の注意などはないか、秋元に聞こうと屋敷に寄った。

由梨としてはここで私服に着替えて、自宅へ戻るつもりでいた。実際、美容室で預けた由梨の私物はこの部屋に届けてあった。だが、なぜかパジャマも用意されていて、今日もここへ泊まるようにと秋元に告げられる。

「でも……」

今夜は吹雪いていない。帰れなくはないはずだ。

「そう何度も、ご迷惑をおかけするわけにはいきません」

由梨は首を振って固辞をするが、秋元も引き下がらなかった。

「お疲れだろうからという、ぼっちゃまからの指示でございます」

それでも、と言いかけた由梨だったが、秋元が加賀を『ぼっちゃま』と呼んだことに、思わず吹き出してしまう。

「ふ、ふふ。すみません。社長、家では〝ぼっちゃま〟って呼ばれているんですね」

あの自信に満ちた男が、家では『ぼっちゃま』と呼ばれているなんて。

しばらくは笑いが止まらなかった。

もちろん話すわけにはいかないが、長坂と奈々が知ったらどう思うだろう。

秋元も、自身の失言に気がついて「ふふふ」と笑った。

「申し訳ございません。ぼっちゃまからは散々呼び方を変えるようにと言われているのですが、屋敷の中ではつい……。私はぼっちゃまが、小さい頃からこの家におりますゆえ」

「すごく長く勤めていらっしゃるんですね。それにとても親しいご関係のようで。少しうらやましいです」

秋元の優しい目尻の皺《しわ》を見つめて、由梨は言った。

今井の家にもたくさんの使用人がいて、その中には当然、秋元と同じくらい長く勤めている者もいた。

でも皆、祖父の僕《しもべ》のような者たちばかりで、どちらかといえば博史と由梨親子は問題を起こさぬように監視されていたと思う。

今の屋敷の使用人も似たようなものだ。何かあればすぐに東京に連絡がいくだろう。

先日の由梨の外泊が黙認されたのは、相手が今井家公認の加賀だからだ。普段は許されない。

「先代の加賀の奥様は、ぼっちゃまが幼い頃に亡くなられましたから……私は勝手に母のような気持ちでそばにおりました。時に鬱陶《うっとう》しがられることもありましたけれど」

そうだ、加賀も早くに母親を亡くしたと言っていた。由梨はそこに妙な親近感を覚える。

「ですから、私、とても嬉しいんです。ぼっちゃまがこのお屋敷に女性を連れてこられるなんて、初めてでございますから」

「え、初めて……？」

由梨は意外な秋元の言葉に、驚いて聞き返した。

長坂の話では、数年前まではひっきりなしに女性と付き合っていたというのに、ここへ来たのが由梨だけなんて、とてもではないが信じられない。

ニコニコと由梨を見る秋元の目が、まるで自分は加賀にとって特別だと言っているようで由梨は頬を染めた。

「私はただ成り行きで、偶然、来させてもらっただけです」

一度目は今後について話をするために。そして、今夜は着物を返さなくてはいけないから。

「それでも、です。そのようなことは一度もなかったので」

秋元はそう言って微笑むと、着物を抱えて下がっていった。

残された由梨は、なんだかざわざわとした気持ちのまま、しばらく動けないでいた。

今夜は、なんとなく眠れないような気がした。

風呂に入り、布団の上にぺたりと座っていると、障子の向こうに人の気配を感じた。

背の高いシルエットが、遠慮がちに咳払いをする。

「今井さん？」

「はい」

立ち上がって、由梨は障子を開ける。

由梨と同じく風呂に入って、さっぱりとした部屋着姿の加賀がいた。

「遅くに、すまない」

「い、いえ」

明るいところで、お互いに風呂上がりの姿で顔を合わせているのが、気恥ずかしい。

由梨は肩にかけていたタオルを外した。

「どうかされましたか」

部屋着でも、加賀は加賀だと由梨は思う。ラフな格好のはずなのに、なぜこんなにカッコいいのだろう。

そう思ってから、由梨は自分の中の変化に驚いた。

やはり、自分は加賀に惹《ひ》かれ始めているのだろうか。

「いや……、特には。ただ、この前みたいに、眠れないんじゃないかと思って」

雪景色の日本庭園を背に、加賀が静かに言った。

昼間の姿を見るうちに、あの夜ホットミルクを作ってくれたことは夢の中の出来事だったのではないかと思っていたが、やはり現実だったのだ。

あの優しい甘い香りが由梨の脳裏に浮かんだ。

「あの日は吹雪だったから……。風の音が苦手なんです。だから、吹雪の日は眠れなくて」

加賀は頷いて窓の外を見た。雪は静かにしんしんと降っている。

「じゃあ、今夜は吹雪いてないから大丈夫……？」

由梨は頷こうとして、躊躇《ちゅうちょ》した。

そう、今日は大丈夫。

でも……。

加賀を見上げるとアーモンド色の瞳が優しく見下ろしている。由梨はそれを吸い寄せられるように見つめた。

「大丈夫？　本当に……？」

優しい声音なのに、なぜか逆らえないようなものを感じた。狼の群れの頂点に立つアルファの瞳が由梨を見ている。

「あの……」

由梨はゆっくりと口を開く。

「ん？」

加賀が先を促すように右の眉を上げた。

「あの、やっぱり、眠れそうにありません」

「そう。じゃあ、ホットミルクを作ってあげよう」

加賀が満足そうに微笑んだ。

「社長は……」

キッチンで、ホットミルクを作る男の背中に、由梨は遠慮がちに問いかけた。

「ん？」

加賀が答える。手鍋からは視線を外さないまま。

「恋人はいらっしゃらないのですか」

自分でも、ずいぶんな問いかけだなと思ったものの、由梨は聞かずにはいられなかった。

彼が、自分との政略的な意味での結婚を望むのは仕方がないと思っても、本当はほかに恋人がいるというのでは、さすがにつらい。

そのように、誰もが不幸になるような結婚はしたくなかった。父が妾腹だと言われ、悔しい思いをしてきた由梨にとってはなおさら。

しかし加賀は由梨の失礼とも思える質問に、気分を害する様子もなく、代わりにふっと笑った。

「いたら、君に結婚を申し込んではいない」

普通の結婚ならそうかもしれない。でも由梨と加賀の場合は少し違うのだから……。

しかし、さすがにそれを口にするわけにはいかずに、由梨は「そうですね」とだけ呟く。

「俺との結婚は考えられないか」

突然の加賀の砕けた言葉に、由梨の胸がどきりと音をたてる。

それが自分の中であまりに大きく響いたので、もしかしたら彼に聞こえたかもしれないと思ったほどだ。

「わ、私……」

ドキドキと鳴る胸の音が耳にうるさい。

由梨は、その音を振り切るように首を振った。

「そ、そうではないです。ただ……」

「ただ？」

くつくつとミルクが泡を作るのを、丁寧にかき混ぜながら、加賀は先を促す。

「しゃ、社長みたいな立派な方に、私はふさわしくない……と、思います……」

口に出してみて、由梨は改めて自覚した。結婚の可能性が浮かんで初めて、加賀を男性として意識するようになった。そして短期間ではあるものの、彼の魅力をたくさん知った。もっとそばで、もっと見たいと思う自分が、確かにいる。

それなのに、イエスと言えない理由はひとつ、由梨の自信のなさだ。加賀を素敵だと思えば思うほど、自分の中の弱い部分がストップをかける。財閥に生まれたというだけで、なんの取り柄もない自分は、彼にふさわしくないと。

由梨の言葉が届いているはずの加賀は、すぐには答えずに、一旦コンロの火を止めると、冷蔵庫から蜂蜜を出した。

そしてミルクの中に注ぐ。

「誰かにそう言われたのか」

再び火をつけながら、加賀が由梨に尋ねる。

声音が少し硬くなったように感じて、由梨は慌てて首を振った。

「そ、そうではありません。自分でそう思ったのです。私は今井家の中で、世間知らずに育ちました。この街に来て、長坂先輩や蜂須賀室長とお仕事ができてやっと社会人として歩き始めたばかりです。まだ、未熟なのに……」

加賀が再びふっと笑った。

「まるで就職の面接みたいだな」

確かにそうかもしれない。

でも愛情だけで結ばれる結婚ではないのだから、重要な点なのではないだろうか。

特に加賀にとっては。

「俺は別に君にそんなことを求めてはいない」

じゃあ何を求めているんですか、とはもちろん聞けない。

「求めてはいないが、君はこの五年間よくやっている」

一瞬だけ上司の顔になって加賀が言う。

由梨は素直に嬉しかった。

「あ、ありがとうございます！」

少し弾んだ声で言った時、加賀が火を止めて振り返った。

ホットミルクができたようだった。

「熱いから気をつけて」

そう言って、加賀はホットミルクが入ったカップを由梨に差し出す。

「ありがとうございます」

器の熱を両手に感じて、由梨の心の中も少し温まったようだ。

由梨が気にしている自分の未熟な部分は、加賀が結婚相手に求める条件ではないとはっきり言われて、少し気が楽になった。

加賀は戸棚から出したブランデーをグラスに注ぐ。それを片手に、カウンターの椅子に座っている由梨の隣に腰掛けた。

ふわりと石鹸の香りを感じて由梨の頬が熱くなる。自分と同じ石鹸の香りのせいで彼をより近くに感じてしまう。

顔が赤くなったのをごまかしたくて、由梨は慌ててホットミルクを口に含む。

「あつっ……！」

冷まさずに口をつけたホットミルクで、舌を火傷《やけど》してしまった。

「あぁ、ほら。ちゃんと冷まさないと」

由梨の身体が揺れて、溢《あふ》れそうになったミルクのカップを加賀の大きな手が包む。

そしてそれを一旦カウンターに置くと、背を屈めて由梨を覗《のぞ》き込んだ。

「大丈夫か？」

由梨は涙目で頷く。

それでも加賀は納得せずに、ブランデーのグラスを置くと、身体ごと由梨のほうに向きなおった。

「火傷しただろう。舌を出せ。見せてみろ」

端正な加賀の顔に至近距離で見つめられて、顔のほうが火傷しそうだと由梨は思う。

パジャマの由梨の両膝が、加賀の長い足に挟まれているのも恥ずかしくて直視できなかった。

言う通りにしない由梨に、焦《じ》れたように加賀の大きな両手が頬を包む。そして催促するように、親指が唇をノックした。

その瞬間、由梨の背中をぞくぞくと得体の知れないものが駆け抜けた。

たいした痛みはない、数日ヒリヒリするだけだから放っておいてくださいと、言わなくてはいけないのに言葉が出ない。

もう一度ノックされて、由梨はおずおずと舌を出した。

「あぁ、赤くなっているな。しばらくヒリヒリするぞ」

そう言ってあろうことか親指は、由梨の舌に触れる。

「んっ……！」

由梨の身体がぴくんと跳ねる。

加賀の瞳に、何かが灯った。

「由梨」

いつもより一段低い声で加賀が呼ぶ。

名前を呼ばれるのは初めてなのに、すごく自然に思えるから不思議だ。

やはり彼はアルファなのだ。

「由梨、俺は嫌か？　少しも考えられない？」

舌を引っ込めた由梨の唇を、加賀の親指がゆっくりと辿《たど》る。何度も、何度も……。

すでに至近距離にあるアーモンド色の瞳に映る自分の顔が、信じられないほど艶めいている。

　あぁ私は、紛れもなく彼に恋をしているのだ——そう思ったと同時に、由梨は首を横に振っていた。

「嫌……じゃないです……」

　由梨がか細い声で答えた次の瞬間、加賀の唇が由梨の唇に覆い被さった。

「ん」

　初めてのキスはブランデーの香りがした。

　由梨は酒に弱くはない。無趣味な父の唯一の楽しみであった夜の晩酌には、できる限り付き合った。

　だから、ブランデーの香りくらいで酔うはずなどないのに……。触れられたそこから熱が広がって、くらくらと目眩《めまい》を起こしそうだった。

　目はいつの間にか閉じていたらしい。

　頬に添えられた大きな手と、意外なほど柔らかい彼の唇を、暗い中でとても心地よく感じた。

　ふとその柔らかさが離れた気がして目を開くと、狼の瞳が由梨を射抜くように見ている。

「あ……」

由梨の口から声が漏れる。

加賀は形のいい眉を寄せて、何かをこらえるような表情を浮かべている。

(今、キス……した……？)

ついこの前まで、上司としてしか見ていなかった相手と。

信じられないと思う。でも一方で、いつかこうなるんじゃないかという確信のようなものもあった。

アルファに魅入られては、逃げられない。

「由梨」

加賀の低い声が、ぼんやりとしてうまく働かない由梨の脳に直接響く。

「俺の妻になれ」

彼の言葉が、頭の中でその意味をゆっくりとかたち作っていく。

それを理解するよりも早く、こくんと由梨は頷いた。

隆之の策

彼女に初めて会ったのは五年前の早春、東京からの新しい社長を迎えた日だった。その日は季節外れの雪が降り、寒さには慣れているはずの隆之でさえうんざりとするほどの吹雪だった。ましてや、雪には慣れていないであろう新社長は、案の定、薄いスプリングコートの中で仏頂面だった。

明らかに不機嫌なその男の表情に、隆之は誰にも気づかれぬようため息をつく。前任者のやる気のなさも相当なものだったが、今回はそれにも増して無気力だと。

そしてすぐに、その無気力男の後ろにシャンと背筋を伸ばして立っている女性の存在に気がついた。

彼女もこの街の雪深さは予想外だったのだろう。春色のスプリングコートは、雪でしっとりと濡れている。飾り気のないパンプスから伸びる細い足は、ストッキングだけで寒そうだ。

それでも彼女は寒いという様子は微塵《みじん》も見せずピンと背筋を伸ばして、少し高いよく通る声で挨拶をした。

今井由梨です、と。

まさか、と隆之は自分の耳を疑った。

新社長が娘を連れてくるとは聞いていた。前副社長からの申し送りによると以前にもそのような例はあったらしい。

社長が連れてきた娘は大抵支社に籍を置くが、せいぜいがお飾りの秘書か受付くらいしか使い道はない。仕事をするというのは名目上で、実際は顔を売り、よい嫁ぎ先を探すためのパフォーマンスでしかない。今井財閥の令嬢が〝働く〟など、できるはずがないのだ。

だから新社長が娘を連れてくると聞いても、隆之はたいした関心を持たなかった。どうせ派手なだけの、ろくに挨拶もできない女が来るのだろう、と。

それがまさか、こんなに飾り気のない女性が来るなんて。

隆之は、彼女に並々ならぬ関心を抱いた。

「大学を出たてで右も左もわからない私を支社に迎えていただいて、大変光栄に思います。未熟な身ですが、一日も早く会社の力になれるよう、精進いたします。よろしくお願いいたします」

隆之の視線の先で頬を真っ赤に染めて、深く頭を下げた彼女の声には力があった。

言葉自体は入社時の挨拶として当たり前のものであったが、そこには彼女の気持ちがしっかりと入っている。何千人という社員を抱える隆之にはそれがわかった。さらに顔を上げた彼女の瞳に、強い光があるのを隆之は確かに見た。

無気力な父親とは違う。

何かを求めて彼女はここにいる。

隆之は、そう確信したと同時に、彼女に囚われてしまった。

隆之は由梨を秘書室へ配属した。父親のサポートをさせるというのは表向きの理由、本心ではそばに置いて、もっと彼女を知りたいと思ったのだ。

そして、今井財閥の令嬢として様々な欲や悪意の対象になりうる危うい立場の彼女を、近くにいて守ってやりたいという思いもあった。

秘書室には、隆之の父の代から加賀家で働く蜂須賀と、大学の同期だった長坂がいる。ふたりとも、隆之が最も信頼する社員だ。彼らなら、やる気に満ちた由梨を安心して任せられると思ったのだ。

果たして、由梨は隆之の予想通り、これまでの令嬢たちとは百八十度違っていた。

彼女は毎日地味なスーツに身を包み、定時よりも少し早く出勤した。

彼女が来るようになってから、給湯室はいつも清潔に整えられ、各役員室に生けられている花は活き活きとして持ちがいい。

それに隆之が気がつくのに、そう時間はかからなかった。一度、朝早くに秘書室のすべての人間のデスクを拭いているのを目撃したおり、隆之は尋ねてみた。

誰かにそうしろと言われたのか、と。

「いいえ」と、由梨はきっぱりと首を振った。

「まだ私のできることは少ないですから。やれる仕事をやりたいと思いまして」

そう答える時も、彼女の背筋は伸びていた。

由梨の父親ほどの年齢である蜂須賀は、娘のように可愛いと目を細め、後輩には厳しい長坂も『素直で指導しやすい』と気に入った。

自分では、なんの取り柄もないと言う彼女だったが、そのようなことはないと隆之は考えている。そのうちのひとつは字の美しさだ。

ひとつひとつきちんと整って並ぶ文字は、まるで由梨自身だと隆之は思う。聞くと、賞状書士の資格を持っているという。であるならばと、取引先へ出す礼状を任せたところ、これが大好評だった。

今の時代、メールで済ませたり、パソコンでよい文を打ち出すのが一般的だ。現に、隆之のところに届く礼状のほとんどがそうだ。その中にあって、心のこもった由梨の手書きの手紙は、特に年配者を中心に評判だった。

『さすが加賀さん、プロに頼んでいるのですか』と聞かれたことは、一度や二度ではない。いや、プロには違いないが秘書室の人間だと言うと、皆、驚きうらやむ。

それを伝えると、由梨は頬を染めて『ありがとうございます』と微笑んだ。

その控えめな花を摘んで、自分だけの部屋に飾っておきたいと隆之が思うようになるのに、時間はかからなかった。

ピアスの跡すらない愛らしい耳に愛を囁き、澄んだ瞳には自分しか映らないようにしてしまいたい。

秘書室へ配属したのは正解だった。受付などにしてしまっていたら、すぐにでも社内の男たちの注目を集めてしまっていただろう。

それでも、徐々に広まりつつある由梨の評判を階下で耳にするたび、隆之ははらわたが煮えくり返った。

営業部の社員が、『なんとか合コンをセッティングできないか』などと言っているのを聞いた時には、そいつを支店に飛ばしてやろうかなどと、普段の自分だったら思いもしない考えが頭に浮かんだ。

早く彼女を手に入れて、閉じ込めてしまえと自分の中の凶暴な部分が叫ぶ。そうすれば、少なくとも社内の者は手を出せなくなるだろう。

だが、隆之は由梨の上司だ。

今井家の令嬢である彼女と隆之の間に、上下関係があるかどうかは微妙なところだが、少なくとも彼女はそう思っているだろう。その状態にある限り、隆之から言うのはフェアではないと、わずかに残る理性が言った。

長坂からさりげなく仕入れた情報によると、由梨には男の影はなく、また興味もないようだった。

今時の二十代としては珍しいが、今井家の令嬢となれば恋愛は自由ではないのだから、生真面目な彼女らしく自重しているのかもしれない。

だとすれば——上司からの邪《よこしま》な気持ちは、慣れない土地で新たな一歩を懸命に踏み出した彼女を混乱させるだけだろう。

焦《あせ》らなくてもいい。

彼女はまだ若い。

そばで慎重に見守っていれば、必ずその機会は来る。

そうして、いつの間にか五年の月日が経っていた。

由梨を妻にしたい。

隆之が明確にそう思ったのは、今井コンツェルンの会長に呼び出されて、北部支社の新社長の人事を聞きに、東京へ出向いた時だった。

「先代も北部支社をよく盛り立ててくれていたが、君になってからも好調だな」

隆之の父よりも年上のはずの今井コンツェルン会長、今井幸仁《ゆきひと》は、存外に若々しい声で言った。

ずんぐりとした体形にゲジゲジの眉は一見、人が好さそうにも見えるのだが、実はそうではないと隆之は知っている。

東京赤坂《あかさか》の料亭は、外の喧騒が嘘のように静かだ。人工的な日本庭園の滝の音だけがちょろちょろと聞こえている。

「ありがとうございます」

隆之は、まっすぐに相手を見つめて答えた。

今井コンツェルンの会長は、一年前に先代から、先代の長男である幸仁に代替わりをした。

先代はどちらかといえば身内びいきで知られていたが、今度の男はどうだろう。隣に息子の今井和也《かずや》を従えているところを見ると同じようなものかと、隆之は推測しながら話の続きを待つ。

別に、身内びいきを否定するつもりはない。隆之とて、世襲で今の地位を手に入れたのだから。

七年前に突然、父が脳梗塞《のうこうそく》で倒れた。命こそ助かったものの、手足の自由は利かなくなり、寝たきりの状態になった。

当然、北部支社の副社長は務められない。そのため当時、東京の大学を出て、都内の商社に勤めていた隆之が急きょ、呼び戻されたのである。

けれど隆之は、そこからは自分の力ですべてを乗り越えてきた。そうでなければ、いくら加賀家の者とて生き残れるほど甘い世界ではない。世襲だろうがなんだろうが、上に立つ者として、それに見合う実力があればそれでいい。

隆之は、目の前の男をじっと見る。また、やる気のないボンクラのお守りをさせるつもりだろうか。

今井幸仁は、そんな隆之の心を読んだようにニヤリと笑った。

「安心したまえ、もうこちらからは誰も送らん」

父親の言葉に、隣で酒を飲んでいた息子の今井和也が慌てて口を挟む。

「と、父さん！　待ってください。じゃあ北部支社はどうするんですか」

「会長と呼べ、和也。ここにいる加賀君に任せればいい。もともと彼が実質的にはトップなのだ。正式に社長となれば、社員の士気も上がろう」

幸仁は、涼しい顔で言い放つ。

一方で隣の和也は納得がいかないらしく、真っ赤な顔で反論した。

「納得できません！　支社長は、今井家の者がなるという決まりはどうなりますか？　コンツェルン内に混乱が起きます。これまで通り、今井の者が行くべきです」

幸仁がジロリと彼を睨む。

「それで、お前が行きたいと？　北部支社は、つけ焼き刃の知識で利益を出せるほど生易しくはないぞ」

「ですが……‼」

「今日お前をここに同席させたのは、それを諦めさせるためだ。北部支社は加賀君に任せる。これは決定だ」

これには、さすがに隆之も驚いた。

今井幸仁という男は、先代とは違い、合理的で実力本位な考え方の持ち主らしい。

伝統を覆すことで起きると予想される混乱は、どちらかというと今井家のほうが大きいものとなるだろう。だが、それも抑え込む自信があるようだ。

どちらにせよ、隆之にとってはよい方向に流れが変わった。

少なくとも、何もしない社長と、それに反発を覚える社員の調整という荷は、肩から下りた。

それにしても……。

隆之は、顔を真っ赤にしている息子の和也を見る。何ゆえ、この男は北部支社へ来たがっているのだろう。

和也は今井コンツェルンの正式な跡取りで、今は本社で専務の地位についている。

年齢も隆之と同じくらい若いはずなのに、お飾りの社長として楽をしたいのだろうか。

「……じゃあ、由梨を呼び戻してください」

社長の件は言っても無駄だと思ったのか、それ以上の反論はせずに、和也は憮然として言った。

隆之の胸がコツンと鳴る。

なぜ今、由梨の名前が出るのか。

いや、由梨は今井家の人間なのだから、名前が出てもおかしくはない。だが、それと新社長の人事とどう関係があるのだと、隆之は平静を装いながら幸仁を見た。

「ダメだ」

幸仁は苦い顔で息子から目をそらした。

「なぜですか⁉　そもそも私は由梨が帰ってくるなら、北部支社へ行きたいなどとは言いません。……母さんが反対しているからですか⁉」

和也は父を睨む。もはや第三者である隆之の存在は忘れてしまったかのようだ。

取り乱す和也を見ながら、隆之はムカムカとした気持ちの悪い感情が、腹の底から湧き出てくるのを感じた。

この男は由梨のなんだ。

関係からいうと従兄妹であるのは間違いないが、由梨を呼び戻せと喚《わめ》き、そうでなければ自分が行きたいと無理を言う。

考えたくはないが、由梨の……？

「失礼」

隆之は思わず口を挟む。

幸仁は、苦い顔のまま隆之を見た。

「その、由梨……さんというのは、我が社の今井由梨さんのことですか」

和也も隆之を見る。

そして他人がいるこの場で、これ以上言い合いをするのは得策ではないと思ったのか、立ち上がった。

「北部支社の人事が決まったのなら、私はここにいる必要はありません。先に失礼させていただきます」

そう言うと、投げやりに頭を下げて、さっさと出ていった。

残された隆之は、やや唖然として彼が去ったほうを見た。

無礼な振る舞いには別に腹は立たない。しかし、由梨との関係ははっきりとさせていけと、心の中で悪態をつきながら、隆之は幸仁に視線を移した。

「見苦しいものを見せてしまって、すまないね」

謝りの言葉を口にしながらも、幸仁は平然と酒を飲む。北部支社を諦めさせるためにここへ同席させたのだ。こんな展開は想定内だったのかもしれない。

「あいつが一応、今井家の長男でね。なのに、妻が甘やかしてしまって……。全く困ったものだ」

たいして困った風でもない幸仁に、隆之は焦れた思いを抱く。それよりも、あの男と由梨の関係が気になって仕方がない。

幸仁は、ため息をついて話し始めた。

「そもそも博史のあとがまについては、私は君にと、早々に決めたんだ。だが、あいつが出しゃばってきて、少々ややこしくなって……そのために、二ヵ月も遅れたというわけだ」

「そうですか」

隆之は、落ち着き払って相槌を打つ。

押しつけ合いをしていたわけではなかったのか。

「和也は、由梨を気に入っていてね。何年も前から嫁にしたいと言っている」

「由梨……さんを？」

思わず聞き返してしまった隆之を、ジロリと見て幸仁は続ける。

「あぁ、しかしそれは許されん。あいつは曲がりなりにも、本家の長男だからな」

隆之とて同じ旧家の長なのだから、本家の者が結婚相手にこだわる事情はわからないでもない。だとしても、由梨は何ゆえダメなのかと、隆之は首を傾げる。従兄妹だからだろうか。

その隆之の疑問に、目の前の有能な男は即座に答えた。

「公にはされていないが、由梨の父、今井博史は妾腹だ」

隆之は、男の声音に混ざる侮蔑の響きに強い嫌悪感を抱く。だからなんなのだという思いが腹の中で渦を巻くが、口には出さなかった。

それで由梨があの無能な男と結婚しなくて済むというなら、それでいい。

「あの子が博史について北部へ行っている間に、和也の頭も冷えるだろうと思っていたんだが。和也は妻に似て、少々しつこい質《たち》らしい。早く呼び戻せと、うるさくてかなわん。博史が死んだ今、由梨は本当であれば東京へ戻すべきなのだが、そうなると、あいつは由梨に近づくだろうし……」

幸仁は、困ったというように首を振った。

「本当のところ、別にわしはかまわんのだ。和也がそんなに欲しがるのであれば、嫁にはできんが愛人としてなら黙認してやっても。だがそれも、なぜか小さい頃から由梨を目の敵にしている妻が嫌がってなぁ。だから、今は由梨を東京へ戻すわけにはいかん」

吐き気がした。

由梨をあんなちんけな男の妻に、というだけでもおぞましいのに。言うに及んで愛人だと？

怒りのあまり、目の前にあるグラスを叩き割りたいのをなんとか耐えて、隆之は静かに口を開く。

「今井……由梨さんは、この話をご存知で？　その、和也氏の妻になりたいと？」

危うく怒りで声が震えそうになるのをこらえて、隆之は尋ねる。そんなことはあってはならないと、心の中で叫びながら。

「いいや」

幸仁は首を振った。

「東京にいた頃も今も、和也の由梨に対する執着を知った妻が厳しく監視しているからな。ふたりの間には何もないはずだ」

幸仁の言葉に隆之は大きく安堵する。

そうだ、あんな男に由梨が心を許すはずがない。

「身内の恥を晒《さら》してしまって面目ないが、こういうわけなので、もうしばらくは由梨を北部支社で預かってくれ。なるべく早く、適当な縁談を探して嫁がせるから。それまでは……あぁそうだ、加賀君もいい話があれば教えてくれ。そっちで縁づくほうがいいだろう、和也と接触させないためにも」

身内とはいえ、ひとりの女性の人生をなんだと思っているのだと、隆之は目の前の男を心底軽蔑した。合理的で人を人とも思わない、冷血な男。

大企業の経営者は、時として冷血に判断しなければならない場合もある。それは重々心得ているはずの隆之でも、理解しがたかった。

しかし、もしかしたら自分も同類なのかもしれないと隆之は思う。今の幸仁の話を聞きながら、自分にとって都合のいい〝ある策〟が頭に浮かんだのだから。

隆之は、幸仁に気づかれないように薄く笑った。

そうだ。

合理主義者には、合理的な方法で攻めなくては。

目の前の日本酒を飲み干してグラスを机に置くと、隆之は口を開いた。

「今井さんは秘書室でもよく働いてくれていて、ほかの社員からの評判もいいですよ」

隆之はにこやかに言った。

「ずっと、いていただきたいくらいです」

幸仁がそれを鼻で笑う。由梨が北部支社でしっかりとその役割を果たしているなど、夢にも思っていないようだ。

「彼女に……和也氏があれほどご執心とは驚きましたが。それで、よい縁談はありそうですか」

「ん、まぁ、なくはないが」と幸仁は言いよどんだ。

「姪たちの中ではあの子は立場が少々特殊だからな。あまりよいところだとほかの姪たちがうるさいし、さりとて今井の名を傷つけるようなところへはやれん。難しいところだ」

「そうですか。では、こういうのはいかがでしょう」

平静を装う隆之の手のひらが、わずかに汗をかいている。どんな修羅場も冷静に潜《くぐ》り抜けてきたはずが、自分でも信じられないが少し緊張しているようだ。

「私と、結婚していただくというのは」

そう言って、隆之は相手に強い視線を投げかけた。

こういう場面では下手に出ては負けだ。たとえそれが見せかけだったとしても、相手にはこちらが優位だと思わせなくては。

隆之の言葉に、幸仁はゲジゲジの眉を上げた。

「君と？」

「そうです。私の社長就任に対する異論を、少しは抑えられるのではないかと思いまして」

なんでもないように言って、隆之は刺身を口に入れた。そして優雅に微笑む。

隆之が社長になるにあたって、混乱が予想されるのは当然、今井家だ。こちらとしては親切で提案しているのだという姿勢を崩さないように。

「そうか……なるほど」

隆之の提案に、幸仁はしばし考え込む。

思ってもみない案だったようだが、一考の余地ありというところだろう。

「ふむ。確かに……。君が今井の縁戚関係になるのであれば、うるさいヤツらも黙るというわけか。しかし、君はそれでいいのか。加賀家ともなれば、地元では縁を結びたい家はたくさんあるだろうに」

隆之はゆっくりと咀嚼《そしゃく》していた刺身を飲み込んだ。

「そうですね、少なからずありますよ。ただ、それはそれで厄介なものでして。どこかを選べば、選ばなかったところとの間に軋轢《あつれき》が生まれるのが目に見えています」

隆之は幸仁の視線を感じながら酒を呷《あお》る。

今井家の娘の相手として、不足はないか値踏みされているのを肌で感じた。

「ですから、私にとっても多少は都合のいい話なのです」

隆之は、どちらでもかまわないという風を装う。

餌が、できるだけ魅力的に見えるように。

「今井家のお嬢さんなら、皆納得いたしましょう。加賀家は今のところ、婚姻を結んでまで縁続きになるほど必要としている家はありませんから」

「ふむ」

そう言って、幸仁はもう一度考え込んだ。隆之は急かさずに、あとは黙って食事を続ける。

商談は成立したと隆之は確信した。

やがて食事が終わり、茶が出てくる頃、幸仁が再び口を開いた。

「さっきの話だが」

「さっきの……？」

隆之は、わざととぼけてみせる。

「君と由梨の結婚だ」

「あぁ」

思い出したように頷いた。

「話を進めてもらえるか。なるべく早く」

由梨の気持ちはどうだとは、ひと言も言わないのがこの男らしい。

しかし、そういう意味では自分も同じかと、隆之は自嘲する。成り行きとはいえ、外堀から埋めるようなことをするなんて。

「いいのですか、大切な姪御さんの将来をそのように簡単に決めてしまわれて」と、心にもない言葉を口にする。

「それはかまわん……いや、もちろん由梨には幸せになってほしいと思ってはいる。今井の父にとっても末の可愛い孫だ」

今さら、取ってつけたように言うのが白々しい。

彼女の価値を上げようと必死なのが、手に取るようにわかる。

「しかし、君なら不足はないだろう。すぐにでも手配させる」

「お待ちください」

今すぐにでも由梨に電話をさせかねない目の前の男を、隆之は慌てて止めた。

「由梨さんへは、こちらから伝えさせていただきます。曲がりなりにも社内では部下になりますので、ほかの社員との兼ね合いもあります。それから、発表も控えてください。失礼ですが万が一にでも、その、和也氏が……」

「あぁ」

幸仁は、舌打ちをした。

「そうだな。あいつが何かせんとも限らん」

「式などについても、こちらで手配させていただきます。外部には漏れないようにしなくてはなりません。和也氏にとっては、騙《だま》し討ちのようなことになるかもしれませんが。こちらにもうるさい輩《やから》は多少はいるものですから。面倒事は嫌いでして」

隆之が眉を寄せて、心底鬱陶しいという表情を浮かべると、あっさり幸仁は納得したようだ。

「わかった、君に任せよう」

初夜

北国ではまだ少し肌寒い春の日、加賀隆之と由梨の結婚式は盛大に行われた。

加賀家のしきたりに従って、白無垢を身につけ、うつむく由梨は美しかった。

いつもは清楚にひとまとめにしているだけのまっすぐな髪を丁寧に結い上げ、純白の衣に負けないほどの透き通る頬をわずかに染めた由梨は、初雪の中に凛と咲く一輪の花を思わせる。

厳かな雅楽《ががく》が響く中、隆之は瞬きも忘れて、彼女の横顔を見つめていた。

その表情からは、何も窺《うかが》えない。

少々強引に承諾を得た、あのレセプションの夜からすぐに隆之は婚約を発表した。

そして、すべての準備を最速でして二ヵ月後に式を挙げるという離れ業《はなれわざ》をやってのけたのだ。

今井幸仁と約束した通り、あの和也を出し抜くためだと自分自身に言い訳をしながら、その実、由梨の気持ちが変わらないうちにという焦りがあることには気がついている。

肝心の由梨とは、通常業務と式の準備というダブルの慌ただしさの中、ろくに言葉を交わしていない。

今、彼女は何を思って自分の隣にいるのだろう。あの幸仁の口ぶりから察するに、財閥の令嬢としての幼少期は、順風満帆というわけではなかったようだ。

彼女がこの街で働くことに執着した理由が少し理解できた。東京で居場所がない分、仲間がいるこの場所が大切なのだろう。

希望通り、ここへは残れた。しかしそれと引き換えるようにして、また未知の世界へ一歩踏み出させられようとしている。何が正しくてどう進むべきか、混乱していないはずがない。

この結婚に、彼女はどのような価値を見出して、承諾をしたのだろう。もしかしたらこの選択は、ここに残りたいと望んでいる彼女の精一杯の処世術なのかもしれない。

(今はまだ、それでもいい。彼女がいつかこの選択を正しかったのだと思えるようにするのが、自分の役目だ)

隆之はそう心に誓った。

住職がふたりに起立を促す。

普段は着慣れない重い衣装を身につけて、少しよろけた由梨の手を隆之は支えるように取る。

驚くほど華奢で白い手を、隆之はぎゅっと握りしめた。

この日、ふたりは夫婦となった。


加賀家の菩提寺での結婚式のあと、市内のホテルで披露宴が行われた。

近年稀に見る大規模な披露宴で、人前に出るのが苦手な由梨にとっては、目がくらむほどの緊張の連続だった。

そして、もはや日付も変わらんとする頃、ようやく隆之とふたりで加賀家の屋敷へと帰ってきた。

あらかじめまとめてあった由梨の荷物は、すでに運び込まれているという。

格式高い門の前に立つと、少し足が震えた。ここへは何度か来たが、今までとは全く違う心境だった。

とても信じられないけれど、今夜からここが自分の家になるのだ。

「どうした」

門の前で立ち止まって動かない由梨を訝《いぶか》しんで、先に行きかけていた隆之が振り返る。

「あの……」

隆之は黙ったまま静かな眼差しで、先を促した。

「今日は私、なんだか必死だったのですが……失礼のないように振る舞えていたでしょうか。その……加賀家のしきたりやご親戚のお名前と顔は、きちんと予習したつもりですが……」

由梨の言葉に一瞬驚いたような表情を見せた隆之だったが、すぐにふわりと笑った。

「まるで営業社員のプレゼンのあとみたいだな」

彼は披露宴では散々飲まされていたが、普段と少しも変わらなくて、酒には強いようだった。それでもその笑顔があまりにも無防備で、少し酔っているのだろうかと由梨は思う。

それにしても、隆之の笑顔には相変わらず、どきりとさせられる。

「大丈夫だ、心配するな。皆、この年になるまで売れ残っていた俺の妻にしては、若くて可愛らしいとびっくりしてたぞ。よくやってくれた。ありがとう」

やはり彼は酔っているらしい。こんな軽口を叩くなんて。

〝売れ残り〟など、最も彼に似合わない言葉だ。長坂たちの話が本当だとすると、隆之の結婚には、多くの女性が涙を呑んだはずだというのに。

そんな彼が少しおかしくて、由梨はくすりと笑ってしまう。披露宴で、美味しい地酒を勧められるままに口にして、由梨自身、少し酔ってしまったらしい。

隆之が、眩しそうに目を細めた。

「疲れたか」

アーモンド色の瞳にじっと見つめられていると、さらに身体の温度が上がるような気がして、由梨は首を振って彼の視線から逃げた。

それでかえって酔いが回ってしまったようだ。

くらくらと目眩がした。

「だ、大丈夫です」

そう言いながらも、ぐらりと身体を傾ける由梨を、隆之が危なげなく受け止めた。

由梨の鼻先を少し甘い隆之の香りがくすぐる。図らずも熱くなった身体を彼に預けることになってしまった。

そんな由梨を隆之は躊躇なく抱き上げた。

「っ……！」

由梨は声にならない叫び声をあげる。

恥ずかしい、下ろしてほしいと思うのに、なぜか身体はふわふわとして、されるがままになってしまう。

「あの……。じ、自分で、あ、歩けます。下ろしてください」

蚊の鳴くような声を絞り出して、由梨は懇願する。かぁっと全身が熱くなった。けれど薄暗い中で隆之の瞳に見つめられて、黙り込んだ。

この瞳に見つめられると、なぜか逆らえなくなってしまう。

「……部屋へ行こう」

隆之の低い声が、頭の中に甘く響いた。


日本庭園を望む加賀家の廊下を、隆之が由梨を抱いたまま進む。少しひんやりとした空気が、火照った由梨の身体に心地よく感じた。隆之の香りに包まれて、ゆらゆらとした振動も心地よく、由梨は思わず目を閉じる。そしてそのまま夢の中へ行きそうになったが、ハッと気がついて目を開けた。

恐る恐る隆之を見上げると、廊下の先を見つめる精悍な顔つきに、どきりと由梨の胸が騒ぐ。

「しゃ、社長」

由梨は、勇気を振り絞って呼びかける。

隆之は由梨を見下ろして足を止めた。そして眉を寄せる。

「もう式を挙げたのだから、名前で呼べ」

由梨は、回らない頭を叱咤して考える。

「名前って……隆之さん……?」

そうだと言うように隆之は微笑む。

呼び方が変わるだけで、ぐんと距離が近くなった気がした。

「お、お酒には弱くないはずなんですが、すみません」

由梨はか細い声で弁解をする。

ここのところ、過密スケジュールでずっと気を張っていた。疲れが出たのだろうが、最後の最後に失態を演じてしまったと、由梨は恥じ入る。小さな子供じゃあるまいし、抱っこで部屋まで運んでもらうなど、玄関で出迎えた秋元はきっと呆れたに違いない。

「気にするな。披露宴では地酒をずいぶん勧められていただろう。……あれは口当たりはいいが、あとからくる。花嫁に、あの酒を勧める風習がこの辺りにはあってね。……それにしても親父どもめが、面白がって……。大丈夫か?」

その風習は由梨もあらかじめ聞かされていた。

だから由梨も断らなかった。地酒はほんのりと甘く爽やかで、美味しかった。

それにしても、面白がってとはどういうことだろうと由梨は首を傾げる。潤んだ瞳で彼を見上げていると、隆之は咳払いをして由梨に囁いた。

「雪国の者たちは酒に強い。あの地酒は緊張をほぐす効果があると言われていてね。……つまり初夜に臨む花嫁には必要だと言われている……もう鵜呑みにするのは年寄りくらいだが」

隆之の言葉で風習の意味を理解した由梨の全身が、火がついたように熱くなった。古くからの習慣が残っているのは伝統ある加賀家だからだろう。隆之は内容を説明したに過ぎない。それでも、どういう経緯でも隆之の口から〝初夜〟という言葉が出たこと自体に由梨は動揺する。

「だ、大丈夫です……」

由梨はかろうじてそれだけ言うと、両手で顔を覆った。とてもじゃないが、隆之の顔をまともには見られなかった。

正直に言うと、由梨は今夜が初夜だということを忘れていた。いや、正確に言うと、わかってはいたが実感がなかった。

隆之との結婚が決まってから今日まで、わずかな時間ですべての準備をしなければならず、目が回るような忙しさだった。隆之は、準備期間として会社の業務は休んでもよいと言ったが、由梨はどうしてもそれはしたくなかった。

もともと由梨は、ここで働き続けるために結婚を決意したのだ。

もちろん隆之に大きく惹かれているのも確かだが、だからといってそれだけに自分のすべてを傾けるなど、とてもではないが怖くてできない。それに無責任に仕事を放り出したくはなかった。

そして加賀家のしきたりなど何もわからない中、秋元に教わりつつ準備を進めた。

今日はとにかく失敗しないようにと朝から気を張っていて、そのことばかりに気を取られていた。だから、今夜が初夜だということはなんとなく頭の中で後回しだったのだ。

いやもしかしたら、無意識にでも後回しにしたかったのかもしれない。

隆之のプロポーズに頷いたあの夜から今日まで、キスを交わしたのは夢だったのかもしれないと思うくらいに、隆之とは接触がなかった。

今となっては、あのキスは、いつまでも答えを出さない由梨に焦れた隆之の、結論を出させるための催促だったのでは、とさえ思う。

そんな相手と、夫婦としての触れ合いを、どのようにしていけばよいのか、由梨には皆目見当がつかなかった。

もっとも、あの夜のキスが初めてだった由梨にとっては、誰が相手だろうと同じようにわからなかったかもしれないが。

今、ここにきて、ようやく今夜は初夜なのだと実感し、これからどうすればよいのだろうと由梨は急に不安に襲われる。もちろん年相応の知識はある。だが逆に言えば本当にそれだけだ。短大の頃の友人たちも由梨と同じように、どちらかといえばおとなしい子ばかりだったから、そういう話は想像の中だけで実体験を伴うものはなかったように思う。

（しゃ、社長は大人の男性なんだから、もちろん経験はあるわよね。私で相手が務まるかしら。どうしよう……）

仕事ではわからないことはわからないままにせず、その場で聞けと教えられた。知ったかぶりをするな、と。でもさすがに初夜について、何をどうすればいいのですかと聞くわけにいかず、由梨は途方に暮れて指の隙間から隆之を見る。

気がつくと、隆之は再び歩きだしている。ゆらゆらと身体に伝わる振動が心地よくて、由梨は再び目を閉じた。

そして次の瞬間、これまでの疲れが一気に解けて、夢の世界へと行ってしまった。

隆之は、柔らかなベッドへ由梨を横たえると、長いため息をついた。

ふたりで使うための大きなベッドで、彼女はスヤスヤと可愛い寝息を立てている。

火照って桃色に染まる柔らかな頬に手を当てると、由梨は眠ったまま頬ずりをした。

隆之は目を細める。疲れたのだろうと思った。

結婚式を加賀家のしきたりにのっとって行うという隆之の提案を、由梨はあっさりと承諾した。

加賀家のうるさい親戚たちにこのたびの結婚を認めさせるためには、隆之が今井家に取り込まれるのではなく、今井家の娘を加賀家に迎えるという体裁を整えるのが最低条件だった。

結婚式をこちらの地元で、しかも菩提寺で挙げれば、それを皆に印象づけられる。

もちろん、それがなくても説得するつもりではいたが、由梨がそれを受け入れてくれたおかげで、ひと手間省けたわけだ。

素直にありがたいと思った。

しかし、そのように従順なところを見せた由梨は、加賀家側の招待客の招待状だけは、自分で書くと言って聞かなかった。

「加賀家の親戚関係やお付き合い先を把握できて、一石二鳥だとおっしゃいまして」

短い準備期間で、昼間は会社で通常の仕事をこなしつつ、帰ってから寝る間を惜しんで仕上げたのだと、秋元が誇らしげに言っていた。

その疲れが一気に出たのだろう。ベッドの上の由梨は隆之が指で頬をなぞっても、身じろぎもせずに眠りこけている。

初めて彼女を見た時は、その初々しさの中にある、どこか大人びた眼差しが印象的だと思ったが、寝顔はむしろ幼子のようにあどけない。

隆之は、少し開いた彼女のさくら色の唇にそっと口づけた。その柔らかなその感触に、自らの欲望がむくむくと目を覚ますのを感じた。

しかしこのように眠っている彼女に、襲いかかるわけにもいかない。隆之は目を閉じて己の中の獣と戦う。

結婚式の場で、花嫁に勧められる地酒の風習を知りながら止めに入らなかったのは、彼女が案外と酒に強く、また好きなのを知っていたからだ。たくさんいる加賀家の親戚たちを把握したいという彼女の邪魔をしたくないという気持ちもあった。

だが、地酒に慣れていない彼女の中の適量を、自分は見誤ったらしい。今宵は、疲れと緊張がピークに達しているだろうということも、失念していた。

隆之は心の中で舌打ちをして、広いベッドの由梨の隣にあぐらをかいた。

その一方で、これでよかったのかもしれないという思いもあった。

由梨は加賀家に嫁ぐという覚悟はしたかもしれないが、本当の意味で隆之の妻になるということを理解していなかったように思う。初夜の話を聞いた時のさっきの反応では、もしかしたら処女なのではとすら思う。

たいして親しくもなかった男に嫁ぎ、いきなりすべてを受け入れさせるのは、酷かもしれない。

隆之は由梨を見下ろして、眉を寄せる。目の前で眠る由梨は、その存在でもって隆之を誘う。

『早く、ものにしてしまえ』と、自分の中の獣が言った。

彼女に無理強いをしたくないという理性と、今すぐに自分のものにしたいという欲望、ふたつの相反する気持ちが隆之の中で戦った。

はっきりとわかるのは、そのどちらもが彼女を愛《いと》おしいという想いからくるということ。

「ん……」

由梨が寝返りを打った。そして子猫のように丸まって、再びスヤスヤと可愛い寝息をたて始める。

隆之の手が、再び由梨へ伸びかける。けれど、ほんのわずかの差で理性が欲望に勝利した。代わりに、隆之は由梨の絹のような髪を撫《な》でる。

初めて彼女を目にした時、雪の滴にしっとりと濡れる艶やかな髪を、とても柔らかそうだと思った。

あの日は触れられなかったこの髪に、今触れている。艶やかな髪のひと束に、唇を寄せると、えもいわれぬ香りがした。

（やっと、手に入れた）

焦らなくてもいい。

隆之は、そのサラサラとした黒い髪の感触をいつまでも楽しんでいた。

「田舎って早婚ですよね～。私の地元の同級生なんて半分以上、子供がいるんですから。三人いるって子もいるんですよ‼　私だって今井コンツェルンに勤めてるんじゃなきゃ、早く結婚しろってせっつかれてますよ。もう二十四ですからね」

ため息まじりに奈々が言うのを、由梨は信じられない思いで聞いていた。

奈々は由梨の三年後輩だが、四大を出ているので年齢はひとつだけしか変わらない。その奈々の同級生が、子持ちだとは。

冠婚葬祭で会う従姉妹たちは、ふた言目には『北部は田舎だから遅れてるんでしょう』とバカにしたように言うが、そういう意味では進んでいると言えるのでは、と思ってしまう。

「だから私、由梨先輩みたいな人初めてです。どれだけまっさらなんですかっ！」

何杯目かのビールジョッキをぐいっと飲み干した奈々に言われて、由梨はなんだかお説教を受けている気分になる。

そもそもなぜ由梨が、金曜日の夜の居酒屋で、奈々の説教を聞いているのかというと、話は結婚式の日の夜にさかのぼる。

あの日の由梨の記憶は、加賀家の廊下で隆之と言葉を交わしたあとから途絶えてしまった。

次の日、目を覚ますと自分はベッドにいて、すでに日が高かった。着ていた服は脱がされて、真新しいパジャマを着ている。由梨は妻の役目を果たすべき大切な初夜に眠りこけてしまったのだ。

いくら疲れていたとはいえ、言い訳できない状況に、さすがの隆之も呆れただろうと由梨は思った。

泣きそうになりながら謝る由梨に、隆之は意外なことを言った。

『気にするな。君の心が決まるまでは無理をしないでもいい』と。

呆気ないような隆之の反応に、由梨は寂しさと同時にそこはかとない不安を感じた。

わかってはいたが、隆之にとってこの結婚は、本当に政略的なものなのだ。

今井家と縁続きになった事実を世間に知らしめるという第一の目的を果たして、彼は満足した。由梨個人との本当の意味での結びつきなどには、あまり興味がないのだろう。

一方で、男性と経験がない由梨には、ありがたい話でもあると思った。

今のまま、経験豊富な隆之の相手が、由梨に務まるとは到底思えない。心の準備もできていない。

どうせもうすでに醜態を晒してしまったのだ。

次は失敗するわけにいかないのだから、このさい彼の言葉に甘えて、しっかりと覚悟ができるまで待ってもらおう。

しかしそうは決めたものの、何をどうすれば覚悟ができるのか、由梨にはさっぱりわからなかった。

インターネットなどには、そうしたものに関する情報が溢れている。でも、それとて由梨自身の事情は別のような気がしたし、そこへこっそりアクセスする勇気もない。

できれば、実体験をもとにアドバイスをしてくれる経験豊富な同性がいればいいのだが、そうした相手は思い当たらない。また、相談ができるほど気心の知れた友人は、皆東京で、わざわざ電話して相談するほどでもないような気もする。

そうして人知れず思い悩む由梨の前に現れた救世主は、なんと後輩の奈々だった。

『由梨先輩、結婚式以来、塞ぎ込んでますね。どうされました?』

率直で飾らない性格の奈々は、思ったままを口に出す。

ある日の昼休み、唐突に尋ねられて、由梨はすぐに答えられなかった。

『あ、もしかして社長との夜の相性が合わないんじゃありません？　社長って、とっても性欲が強そうですもんね。お嬢様の由梨先輩にはキツイでしょう』

あっけらかんと言われて、由梨は危うく飲みかけのお茶を吹き出しそうになった。

咳き込む由梨に、奈々はニッコリと笑いかける。

『あら、当たっちゃいました？』

聞きたいことは山ほどあったが、昼休みにする話でもない。というわけで、終業後、長坂を含めた秘書室の女子三人は、夜の街へ繰り出した。

定時を少し過ぎた頃、長坂と奈々と連れ立って会社を出た。由梨の髪を春の夜の風が撫でる。心は自然と弾んだ。

ここへ来てから、歓送迎会以外で会社の人と飲みに行くのは初めてだ。

夕方、飲み会の許可を取りに行った社長室で、隆之はあっさりとそれを了承した。

『君の行動に、私の〝許可〟を取る必要はない。〝報告〟をしてくれればそれでいい』

そう言われて、由梨は奇妙な解放感を覚えた。

今までは、何をするにも父か祖父の許可を取っていたからだ。

夜の食事や友人たちとの旅行、時には休日の予定まで……何もかもだ。それは幼い頃から始まり、成人してからもずっと続いた。今は加賀隆之の妻になったのだから、当然彼の許可を得る必要があると思ったのだが――。

『君はここで働き続けるために結婚を了承したのだろう。自分で必要だと思うことは、娯楽も含めて好きにすればいい』

そう言って、隆之がわずかに微笑む。由梨の胸が熱くなった。

言われたことは、政略結婚だと再確認されたような内容なのに、相変わらず彼の笑顔には弱い。

それに自分の行動を、自分で決めてよいというのにも胸が高鳴った。

由梨の希望であった〝ささやかな自由〟が、そこにあるような気がしたからだ。

だからといって、もちろん無茶をするつもりはないが、今井家にいた頃のように、びくびくと祖父の顔色を窺う必要はない。それがなんとも心地いい。

そういう意味では今夜の飲み会は誰にも許可を得ずに、由梨が自分で行こうと決めた初めての、いわば記念すべき飲み会なのだ。

冷たい日本酒を口に含んで、由梨は笑みを漏らす。

さすがにあの地酒は自粛したが、この地方は美味しい酒が多い。

「西野さんで結婚を急かされるくらいだから、私に至っては、ほんとおーに！　ひどいわけよ！」

奈々の隣で長坂が、カシスオレンジのグラスをやや乱暴に置いた。いつもは厳しくて強いというイメージの彼女だが、意外と酒には弱いようだ。

一杯目のグラスだが、まだ半分は残っている。なのに顔が赤い。

「東京だったら三十代で独身というのは、特に珍しくはないです」

由梨は眉をひそめて言う。そういえば、厳しいと言われてはいるが女性から見ても美人である長坂には、恋人はいないのだろうかと思いながら。

「ははは、由梨先輩。長坂先輩の場合、年齢は問題ではありません。本人の趣味に問題があります」

奈々がせっかくの由梨のフォローを台無しにする。

「な、奈々ちゃんっ‼」

由梨が止めようとしても、平然として奈々は続ける。

「長坂先輩は、三次元の男には興味が持てないのです。いわゆる隠れオタクというやつですね。社長がずっと長坂先輩を秘書に置いているのは、それを社長が知っているからじゃないですか」

とんでもないと慌てる由梨だったが、長坂は特に意に介する風もなく頷く。

「そう、当たりよ。私が殿に恋愛感情を持たないのがわかっているからね。私が殿の秘書になる前は、大変だったのよ。なる子なる子、殿に惚れちゃって……秘書が社長に惚れてちゃ業務が滞るからね」

長坂はため息をついた。

「それに私なら、全女子社員の嫉妬《しっと》を受けても耐えられるしね。そういう意味では、本当に抜け目のない男だわ」

奈々は、由梨の相談には乗るが、噂でしか社長を知らない自分だけじゃなく、個人的に付き合いがある長坂にも同席してもらおうと言った。

その長坂の口から〝抜け目のない男〟という言葉が出ると、どきりとしてしまう。

お互いにメリットがあっての結婚だったことは否定できないが、それ以外の何かも存在してほしいと願う自分が由梨の中にいる。

「当時はまだひっきりなしに付き合う相手が変わっていた頃だし、社内の女に手出しするほど不自由はしていなかったんだけど」

酒が入っているせいか、長坂はいつもより饒舌《じょうぜつ》だ。〝秘書室の鉄仮面〟などと言われている彼女のこのような顔を見られて、由梨は少し嬉しかった。

ただ、彼女が話す内容には、どうしても引っかかりを感じてしまう。

「ちょっと〜、長坂先輩、由梨先輩を励ます会なのに、そんなこと言ったらダメですよー」

　奈々が口を尖《とが》らせて長坂の袖を引っ張った。

「何よー。こういう話が聞きたいんじゃないのー？　大体、殿が遊んでたっていう過去は、有名な話じゃないの～」

　そう言いながら長坂は唐揚げを口に放り込んだ。

　そうだ、由梨が気にしているのはそこではない。そこではなくて、つまり……。

「社長が過去にたくさんの方とお付き合いしていたという話は、私、気にしていません。当然だなとも思いますし。私が気にしているのはそこじゃないんです。私が気にしているのは……その……」

　ふたりがじっと由梨を見つめている。

　こんな相談をしてもよいのかと、自分の中の常識的な部分が言う。でも、ひとりでぐるぐると考えても答えは出ないと、ここ数日でいやというほど思い知らされた。

　このチャンスに、恥ずかしくても聞かなくてはと、由梨は心に決めた。そして、意を決して口を開いた。

「そ、そんな経験豊富な社長の相手が、わ、私で務まるのでしょうか⁉」

　由梨の言葉に、目の前のふたりが目を丸くする。思ったより大きい声が出てしまったことに気づいて由梨は慌てて両手で口を塞いだ。

けれど、時すでに遅し。

ふたりは一瞬、互いに目を合わせてから爆笑した。

「はははは！　こんな必死な由梨先輩、初めて見ました！　よっぽど思い詰めてたんですね！」

「やっぱりあなた、面白いわ、今井さん。真面目なんだけど、どこかずれているのよねぇ。ふふふふ！　いい方向によ！　はははは！」

笑いが止まらない様子のふたりに由梨は頬を膨らませる。

「もうっ！　私は真剣なんですっ！」

「そうね、ごめんごめん！　でも、ふふ。それで？　殿はなんて？　君じゃ物足りないとでも言われたの？」

長坂が先輩らしく、先に笑うのをやめて続きを促す。

「そんな風には言われてませんけど……」

由梨は、赤い頬を膨らませたまま答える。

物足りないも何も、そのような行為すらなかったので、感想の言いようがないのではないかと思う。

「仮にもしそうだとしても、面と向かっては言わないでしょう、先輩」

奈々が涙を拭《ぬぐ》いながら言う。

「そうねぇ……」

長坂は少し考えてから、社内では怖いと恐れられている眼鏡をキラリとさせた。

「今でこそ、現実の男には興味がなくなってしまった私も、二十代の頃は殿にも負けないくらいだったのよ」

突然のカミングアウトに、奈々がひぇーとおどけてみせる。なんだかんだ言って、このふたりは相性がいい。

「その私の経験から言うと、自分が下手なのを棚に上げて、女とのセックスに満足しないなんて男は最低野郎ね。こっちから願い下げって場合が多いわ。昔馴染《むかしなじ》みのよしみで言うわけじゃないけれど、殿はそんなヤツじゃないと――」

由梨は慌てて頷く。

「もちろん社長はそんな方ではありません。そうじゃなくて……」

「あー！　わかった！　むしろ求められすぎて困ってるんじゃありません？　ずばり、そうでしょう！」

由梨は今度は首をぶんぶん振った。あからさまな表現が恥ずかしい。

長坂が不満そうに頬づえをついて由梨を睨んだ。

「じゃあ、なんなのよー！　まさか、勝手に不安になってるってだけじゃないでしょうね？」

「ち、違います。……そのぅ、つまり……」

由梨は声を落とした。

半個室になっているとはいえ、店の中はガヤガヤと騒がしい。由梨の言葉を聞き逃すまいと、ふたりが頭を寄せた。

由梨は真っ赤な顔をさらに赤くして、思い切って口を開いた。

「まだ、してないんです」

「へっ？」

初めて聞く間抜けな声が長坂の口から漏れた。

意味がわからないというふたりの視線に耐えきれず、由梨は目を閉じて繰り返した。

「だから、社長とは私、まだ清い関係のままなんです……」

今度はふたりとも笑わなかった。

代わりに目をパチクリとさせて、意味がわからないというように由梨を見た。

「ま、まだしてないの？」

由梨はこくんと頷く。

「あんな立派な結婚式を挙げたのに？」

もう一度頷く。

「結婚してから、もう二週間以上経つのに？」

うんうんと、今度は二回頷いた。

「まだ私の心の準備ができてないだろうから、無理しなくていいって……」

ふたりは同じ寝室を使っているが、隆之は由梨が寝るより遅くに寝室に来て、朝は先に出ていく。結婚式の翌朝に『無理をしないでもいい』とは言われたが、経験のない由梨でも、何かおかしい、異常な夫婦関係だということくらいはわかる。

目の前のふたりは絶句している。

「それは……、困ったわね」

長坂はそう言って、なぜかお茶とおしぼりを頼んだ。

まさか由梨の相談は重症すぎると判断して、帰るつもりだろうか。

「ここ最近は女遊びをやめていたから、ついに遊び方を忘れちゃったのかしら……」

長坂は眉を寄せて呟いた。雰囲気が百八十度変わってしまった。

さっきまでのからかうような空気は雲散霧消し、ふたりともうーんうーんと考え込んでいる。

先に口を開いたのは奈々だった。

「確かに珍しい夫婦のかたちですけど、社長は社長なりに、由梨先輩を大事にしようと思ってらっしゃるんじゃないですか？　由梨先輩と社長は、その……バリバリの恋愛結婚ってわけではないんだし……。天然記念物みたいな由梨先輩が、びっくりしちゃわないように」

とても優しい子だな、と由梨は思う。

奈々は思ったままをズバズバ口にするように思われているが、その実、人を傷つけないように、よく考えてものを言うのだ。

「その可能性が高いわね」

奈々の意見に長坂も同意した。

「今井さんは、早くしたかったの？　それで不安に？」

由梨は温かいおしぼりで意味もなく手を拭きながら、首を振る。

「正直言うと私、奈々ちゃんの言うように、そういう覚悟はできていなかったから、ちょっとホッとしたりもしたんです」

由梨は言葉を切って、小さくため息をついた。

「でも、いつまでもこのままってわけにはいかないだろうし。覚悟を決めてちゃんとしなきゃって思うんですけど。先輩、私、どうしたらいいんでしょう？」

短大を出たばかりで右も左もわからない由梨に、長坂は一から仕事を教えてくれた。きっと今度も、有益なアドバイスをくれるはずと由梨はわらにもすがる思いで答えを待つ。

けれど、長坂は難しい表情で温かいお茶をすすった。

「あのねぇ、今井さん。これは仕事の案件じゃないのよ。誰かがやり方を教えてくれるわけでもないし、先例を真似すればいいってもんでもないわ」

「でも……」

「夫婦の数だけ答えがあるのよ。今井さんが、自然に殿とそうなってもいいっていう覚悟ができるまで、待つしかないわね」

由梨は眉尻を下げた。

「でも、それじゃあ、さっきの社長の過去の話じゃないですけど、女の人とたくさんお付き合いしてきた方が、何もなしじゃ物足りなくありませんか。そのうちに、ほかにお付き合いする方ができても、文句は言えませんよね」

隆之は、恋人はいないと言った。それは信用できる言葉だ。でもこれから先のことは誰にもわからない。

由梨がのんびりと覚悟をしている間に、もし新しい恋人ができたらと思うと、胸が締めつけられるような気分になる。

結婚式の次の日の朝に感じた、得体の知れない不安の正体はこれだったのかと由梨は思う。

新しい一歩を踏み出すことへの躊躇と、彼に置いていかれるのではないかという不安。ふたつの感情の板挟みが苦しい。

けれどそんな由梨の不安を長坂は、「それはないわ」と一蹴した。

「殿はどんなにスパンの短い付き合いだろうと、ふた股だけはしなかったわ。絶対にね。好き好んで付き合っているのかどうかは謎だったけど、付き合っている間はおかしいほど相手に誠実よ。だから、あなたと結婚した限りは、浮気はありえない」

「あぁ、わかります」と奈々が同意する。

「社長って、相見積もりとかも嫌がりますもんね」

それには由梨も心当たりがあった。

会社にはいろいろなやり方をする社員がいて、隆之はそれを極力尊重してはいる。それでも公正な競争ならともかく、陰で保険をかけるようなやり方には、いい顔をしない。

いちいち口出しはしないが、彼の気性がそういったやり方を嫌うのだろう。

「そうですよね。私、変に疑ったりして……」

五年間もそばで見ていたはずなのに、妙な勘ぐりをしてしまった自分が恥ずかしくて由梨はうつむいた。

どんなに難しい案件でも、優先順位と根拠を間違えないで対応するようにしているのに。どうも隆之の話となると冷静には考えられないらしい。

「あぁ、でもよかったです。安心しました！」

奈々が安堵のため息を漏らしてニコニコとした。

「由梨先輩、ちゃんと社長が好きなんですね。浮気を疑っちゃうくらいに」

「え？」

由梨は戸惑いの声をあげる。

「だってぇ、結婚自体はおめでたいですけど。なんだか社長に都合のいい結婚でしょう？　ちょっと心配してたんですよ。社長が、由梨先輩の優しさにつけ込んで、無理やり同意させたのかなぁって」

「それは、私も思った！　とてもじゃないけど、今までの今井さんの態度からは殿を好きなようには思えなかったもの。好きでもない人と結婚しなくちゃならないなんて、なんだかお嬢様も大変だなぁって。でもその様子じゃ心配ないわね」

そんな風に思われていたのかと驚きながらも、由梨の心が温かいもので満たされていく。

もはや家族もいない自分だ。この結婚でどのようになろうと、誰も興味がないだろうと思っていたが、身近に心配してくれていた人たちがいる。

そう気づいた由梨の中に、前途多難な結婚生活も、なんとかなるだろうと、楽観的な考えさえ浮かんだ。

「そんな風に心配していただいてたなんて、嬉しいです……」

由梨は涙ぐんで微笑んだ。

これくらいで大袈裟かもしれない。でもそれくらい、ありがたい言葉だと思った。

長坂が、眼鏡の奥の瞳を瞬かせた。

「それにしても。ふふ、お姫様の前では、狼もチワワになってしまうってわけね。ちょっといい気味だわ」

「え？」

長坂の口から出た〝狼〟という言葉に由梨の胸がどきりと鳴った。

「狼って、社長がですか？」

奈々が不思議そうに尋ねる。

「そうよ。学生時代そう呼ばれてたの、〝狼君〟って。今は整髪料で押さえているけど、当時はクセ毛がぴんぴんするのをそのままにしてたから、シルエットが狼みたいだってね。それに仕事中は意識して柔和に見せてるんだろうけど、本当は目つきも鋭いし……」

由梨の脳裏に『俺の妻になれ』と言った時の、隆之の強い視線が浮かぶ。

「殿って多くを欲しがるわけじゃないんだけど、一度欲しいと思ったら、それは絶対に手に入れるのよ。そういうところが、ちょっとカリスマ性を感じさせるのよね。自然と人が集まるっていうか、まるで、狼の――」

「アルファ」

由梨は思わず呟いた。

長坂が、ニヤリと笑う。

「普段は本性を隠しているけどね」

欲しいと思ったものは必ず手に入れる、それが加賀隆之という男。

由梨は〝今井コンツェルン北部支社の社長〟という獲物を手に入れるための踏み台

とされたのだろう。

それを卑怯だとは思えない自分は、やはり彼の中のカリスマに囚われているのだ。

「まぁ、とにかく。殿が待つって言ってるんだからさ。どーん！とかまえて、待たせてやればいいのよ！　あいつもちょっとくらい焦らされるつらさを知らないとね。ほーんとに昔の女遊びは、ひどかったんだから！」

長坂はどんと机を叩いた。

「私なんて、秘書になってから、どこぞの社長令嬢やら女社長に仮想敵国のように扱われて、うんざりしたわ。当の本人は涼しい顔でさ。本当に、誰でもいいからさっさと結婚しろって思っていたのよ」

「本当、私もこれで安心です。無駄にモテる社長なんて社内的には害にしかなりません！　考えてみれば、これは今まで妬まれて苦労した我々の鬱憤《うっぷん》を晴らすチャンスかもしれません‼　由梨先輩、ここはひとつ——」

「ふうん。そうか」

会話を遮る声が聞こえて、三人は一斉に振り返った。そこに半個室の居酒屋のパーティションに肘をついて、憮然とした表情の隆之が立っている。

奈々が「ぎゃっ」と声をあげて両手で口を塞いだ。由梨も驚いて、危うく熱いお茶の入った湯呑を倒しそうになる。

　長坂だけが舌打ちをして、「盗み聞きなんて悪趣味ですよ、社長」と、言外に『何しに来たんだ』と睨みつける。口では社長と言いながら、完全に業務時間外の態度である。

「ちょうど近くで会合が終わったから、寄ってみたんだ。由梨がタクシーを呼ぶ手間が省けるかと思ってね。そしたら、俺を褒める言葉が聞こえてきたから、出るに出られなくなったんだよ」

「妻が羽を伸ばしているところを監視しに来るなんて、本当に素敵な旦那様！　ははははは！」

　隆之は愉快そうに笑う長坂を胡散《うさん》臭そうに睨んでから、由梨を見た。

「まだ終わってないなら俺は先に帰るよ。ただし、帰りはタクシーを拾うんだぞ」

　由梨はキョトンとして聞き返す。

「え、でもまだ電車ありますよ」

　居酒屋から駅までは人通りが多いし、加賀家は最寄り駅から比較的近い。季節もいいし、由梨は歩いて帰ろうと思っていた。春の暖かい風は、ちょうどよい酔い覚ましになる。

その由梨の考えを、隆之は難しい顔で否定した。

「ダメだ、夜は必ずタクシーを使え。それを夕方に言うのを忘れたと思って寄ったんだ。一応、メールにも入れたんだが」

「え？　あ、本当だ」

由梨は慌てて自分の携帯を確認して呟く。

今井家では、問題を起こさないようにとSNSなども禁止されていたため、由梨はあまり携帯を見る習慣がない。

それは結婚式の準備などで連絡を取り合っているうちに、早々に隆之にバレてしまった。彼はそれをとがめたりはしないが、直さなくてはと思っていたのに。

「すみません……」

由梨はしょんぼりと呟く。

「いや、いいよ」

隆之は笑って首を振った。

「どうせそうだろうと思って、迎えに来たんだから」

奈々が「ひゅー」と言って、ふたりから目をそらし、長坂は「やれやれ」と口の中で呟いた。

ふたりがいる前で、平然として夫婦の会話をする隆之に、由梨は恥ずかしくなり頬を染める。

「あ、ありがとうございます。一緒に帰ります……」

ふたりの視線が痛い。隆之との話を聞いてもらったあとの今はなおさらだ。

「由梨先輩、お疲れさまでーす！　また飲みましょうねー！」

「社長ー‼　過保護も程々にしないと、可愛い奥さんに嫌がられるわよー！　あ、ごちそうさまでーす！」

「西野さん、お疲れさま、また月曜に。長坂、お前、飲みすぎるなよ」

ふたりの声を背に、伝票をつかんでさっさとレジへ行く隆之を追って、由梨も席を立つ。ニコニコと手を振るふたりに胸が温かくなった。

話を聞いてもらって、ずいぶんと心が軽くなった。

隆之との関係はどうなるかわからなくても、このふたりと一緒に働き続ける道を選んだのは正解だった。

心からそう思った。

隆之は自家用車で来ていた。会合からの帰りなら、運転手の乗る車で来ていてもおかしくはないのに。

ひょっとして一度自宅に帰ってから、わざわざ由梨を迎えに来てくれたのでは、という淡い期待のような、希望のような思いが由梨の中に芽生える。

もちろん、それを尋ねる勇気はなかった。

ハンドルを握る隆之の横顔を、由梨は見つめる。流れる夜の街のネオンに浮かび上がるシルエットは、とても綺麗だと思った。

ネクタイを外し首元をくつろげたシャツ、少し乱れた襟足。

「ふたりとは気が合うみたいだな」

前方を見つめながら隆之が不意に言った。

「はい。ふたりともとてもよくしてくれます。本当なら、私みたいな特殊な立場の人間と働くのは嫌だと思われても仕方がないのに……。本当にありがたいです」

「確かに」

隆之のシルエットが頷く。

「でもそれは、君が今までふたりとそういう関係を築いてきたからだろう」

意外な隆之の言葉に、由梨は聞き返す。

「私が？」

「そうだ。人と人との関係性は決して一方通行ではないからね。ふたりがよくしてくれるのは、もちろんふたりの性格もあるが、君が彼女たちによくしてきた結果だとも言える」

ハンドルを切る隆之を見つめながら、由梨はその言葉をゆっくりと、心の中で咀嚼した。

嚙《か》むたびに甘い味が広がる、新米のような言葉だと思った。

無機質だった東京での暮らし。

寒い豪雪地帯で見つけた少しの温もり。

「……本当にそうだったらいいな、と思います」

そう言って由梨は窓の外を見る。なんだか今日は胸がいっぱいだった。

次第に歓楽街から遠ざかっていく景色を眺めながら、由梨はゆっくりと目を閉じた。

「俺の過去の話だが」

隆之が静かに話し始めるのを、由梨は視線だけで受け止める。

彼の少し困ったような表情が、珍しいと思いながら。

「決して褒められたものじゃない」

言いながら隆之が片手でぐしゃぐしゃと頭を掻く、そんな仕草も、初めて見る姿だった。

髪が乱れて、クセのある毛がぴんぴんと跳ねた。

（あ……、狼）

「長坂にはあまり言わないようにと釘《くぎ》を刺したんだが。……まぁ、元はと言えば、俺がしたことだからな。なんと言われても仕方がない」

そう言って隆之が車を止めた。いつの間にか車は加賀家の駐車場に滑り込んでいた。

エンジンを切った隆之が、由梨のほうを見る。一瞬、またあの狼の瞳で見つめられるのだろうかと、思わず由梨は身がまえた。

あの瞳に見つめられてしまったら、今夜こそは抗えない。

しかしそんな由梨を捉えたのは意外なほど真摯《しんし》な眼差しだった。

「俺の過去は確かに長坂の言う通りひどいものだった。それを今さら、言い訳はしないが、不快な思いをさせたなら、すまない」

突然かつ意外な隆之の謝罪に、どこかふわふわとしていた由梨の眠気は吹き飛んでしまう。

「しゃ、社長！　そんな……！」

慌てて言いかける由梨の唇を隆之は親指で押さえる。

「由梨、呼び方は?」

「え、あ……、た、隆之さん」

オーケーとでも言いたげに由梨の唇をひと撫でして隆之の指が離れていく。

それにほんの少しの物足りなさを感じながら、由梨は首を振る。

「隆之さんは、私よりも八歳も年上なんですから、それは仕方がないです。私は気にしていません」

半分は本当で、半分は嘘だ。

でも過去は変えられないのだから、蒸し返したくはなかった。

「そうか、ならいい。もちろん、これからは由梨だけだから、安心しろ」

すごく誠実な言葉だと思った。

政略結婚。

そうかもしれない。

でもそれでも隆之は由梨に誠実に向き合おうとしてくれている。戸惑いながらも年月を重ねれば、きっと幸せになれると由梨は思う。少なくとも、彼の言葉に自分はこんなにも幸せな気持ちになるのだから。

気がつくと、隆之の大きな手に頬を包まれていた。

由梨はゆっくりと目を閉じる。

そして唇に柔らかな彼の温もりを感じながら、長坂が言っていたような覚悟ができるのもそう遠い日ではないと、確信していた。

異動？

例の女子会からしばらく経った日の夜、ふたりだけの寝室でネクタイを外しながら隆之が振り返る。

「え？　異動？」

由梨は無言で頷いた。

夫婦して職場が同じという特殊な状況にあるため、由梨は家では意識して仕事の話はしないようにしている。

昼も夜もなく働く彼に、せめて家でくらいはゆっくりとした時間を過ごしてほしいからだ。それでも今日だけはどうしても彼に相談したい話があった。だから『今夜は遅くなるから先に休むように』と言われていたのに、起きて待っていたのだ。

「由梨が？　いや……、当分その予定はないはずだが」

隆之は、ネクタイとジャケットをクローゼットにかけて戻ってくると、ベッドに腰掛けて由梨を見上げた。

「どうしてそんなことを聞くんだ？」

由梨はうつむいて前に組んだ手をぎゅっと握った。

その日の昼休み、由梨は珍しく社員食堂へ行った。

普段、昼食は大抵、弁当なのだが、今日に限って少々寝坊してしまい、作る時間がどうしてもなかった。

そしてその帰りに寄った女子トイレで、運悪く隆之のファンと思わしき女性社員のグループに出くわしてしまった。

「ねーねー、さっきの子でしょう？　社長の奥さん」

「そう！　珍しいよね、社食に来るなんて」

彼女たちは、由梨がトイレの個室にいるのも知らずに噂話を始めてしまう。

由梨は個室の中で息を潜めた。

「あんまり下には来ないのにね。ていうかさぁ、結婚したのに、なんでいつまでも秘書室にいるの？　普通、異動でしょ？」

どきん、と由梨の胸が嫌な音をたてる。実は、それは由梨自身気がついていながら目をそらしていた問題だったからだ。

今井コンツェルンはこの地方において常にトップを走る会社である。ゆえに、社員数も多く、社内結婚は特に珍しくもない。当然、同じ部署内での縁組もある。

そういう意味では隆之と由梨の結婚も目立つだけで、別に異例とはいえないのだ。

ただそんなふたりの結婚で、ほかと明らかに違っている点がひとつだけある。結婚後も、ふたりが同じ部署にいることだ。

由梨が知る限りすべての場合、結婚後は夫か妻のどちらかが別の部署へ異動になる。それは不文律として社内に存在するルールで、彼女たちは由梨がそのルールから外れていると、不満を感じているようだった。

「確かに！　今までだって社長を独占してたくせに、ズルいよね。社長だって、妻と会社でも家でも一緒なんて、息苦しくて嫌に決まってるのに。おとなしい顔して、案外ふてぶてしいのね、あの子」

「でもさー、あの人お嬢様でしょ？　秘書室以外の部署じゃ使い道ないんじゃない？」

「あー、そうかー」と皆が口々に言うのに、由梨は唇を噛んだ。

ほかの社員は許されないことが許されているのだから、なんと言われても仕方がない。それでも、やっぱり悔しかった。

「そうね、まさか社長が異動するわけにもいかないしね？」

あははは、と軽快に笑う彼女たちの声が遠くに聞こえる。

「ズルいよねー、私たち副社長時代から憧れてたのにさ」

「ほんとほんと、許せない」と言いながら、ようやく彼女たちがトイレから出ていく。

由梨は、しばらく凍りついたように突っ立ったまま、個室から出られなかった。

そして、ぐずぐずと考えを巡らせる。

異動となれば、当然入社からずっとそばで指導を受けた長坂や蜂須賀と離れてしまう。会社は仲良しグループではないのだから、それは仕方がないといくら自分に言い聞かせても、不安は消えなかった。

由梨を、今井家の人間でも社長の妻でもなく〝由梨〟として見てくれる人は、社内では貴重な存在だ。

隆之にプロポーズを受けたあの日の彼の話が頭に浮かんだ。

由梨は今の職場で働き続けるために、隆之は穏便に社長に就任するために、結婚しようと言われた。

きっと彼は、その時の由梨との約束を忠実に守ろうとしてくれているのだろう。

けれど、それがほかの社員の反感を買い、由梨だけならまだしも隆之の公平さが疑われるかもしれないと思うと、胸が潰れそうに痛んだ。

確かに秘書室は人間関係もよく、やりがいのある場所だ。だからといってほかの部署を拒否するほど、由梨は子供ではない。仕事と自分の気持ちは切り離すべきなのだ。

あと三分で昼休みが終わるという時になって、ようやく由梨は個室を出る。

逃げないで、隆之と話をしようと心に決めた。


運悪くこの日の隆之は外出続きで、会社では話す機会がなかった。

そもそも話の内容も、どちらかといえばプライベートな内容だからと思い、由梨は家で彼を待った。そして疲れている彼に申し訳ないと思いつつ、由梨は帰宅早々の隆之を、直撃したのだ。

しかし、話を振ってみたものの、どのように進めてよいかがわからない。

まさか、私を特別扱いしてますよね？とも聞けない。

それに結婚の時の約束の話をするのは、隆之に女性として求められて結婚したのではないという事実を再確認するようで、胸が痛んだ。

隆之は、あれこれと考えて黙り込んでしまった由梨を急かさず、静かな眼差しで見つめている。

仕事もして、結婚もしたのに、いまだに自分の気持ちを言うことが苦手だなんて自分でも情けないと思いながら、由梨はゆっくりと口を開いた。

「ふ、普通の社内結婚だったら、結婚後はどちらかが異動になりますよね。でも私たちはそ、そのままで……。もちろん、しゃちょ、た、隆之さんが異動するわけにはいきませんから、私が異動になるべきだって言われて……」

隆之が眉を寄せた。

「誰に？」

「あ、いえ、じ、自分でそう思いました」

由梨は慌てて言い直すが、そうではないことくらいお見通しであろう隆之に、ジロリと睨まれてしまう。

由梨はその視線から逃れるように、目をそらした。

女子トイレの女性たちは、言い方は乱暴だが間違ってはいない。異動の話もそうだが、由梨が秘書室以外でやっていけるのかという話に関しても。

もし『異動させる先がない』などと言われたらどうしようという、卑屈な考えが頭に浮かんだ。

隆之が小さくため息をつく。

「確かに、部署内での社内結婚の場合、大抵どちらかが異動になる」

そして社長の顔になって話し始めた。

「でも、それは別に会社から要求しているわけじゃない。すべて本人たちの希望なんだ。少なくとも私が社長になってからは」

「希望？」

「そう。由梨は私の適材適所の考えを知っているね？」

由梨は頷く。

会社の人事に関し、隆之の〝使える能力が適所にないというのは宝の持ち腐れだ〟という考えは社内に浸透していて、北部支社は大企業には珍しく、年度初め以外の異動も珍しくはない。

「結婚だけを理由に、その部署でキャリアを積んだ社員を異動させるなんてナンセンスだ。本人たちがそれでいいと言うならば、そのまま働いてもらえばいい。毎回、そう伝えている」

合理的で、社員思いの隆之らしい考えだ。

「でも大抵は、本人たちが希望して異動になる。もったいないとは思うが、まぁ働きやすい環境を整えるのも会社の義務だから、それは仕方がないかな」

肩をすくめる隆之を見つめながら、由梨の心が少し軽くなっていく。

少なくとも、自分はズルをして今の部署に留まっているわけではないようだ。

「それで私たちの場合だが」

隆之が由梨をじっと見た。

「確かに君の希望は聞かなかったな。でも、それは聞かなくてもわかっていたつもりだからだが」

由梨は慌てて頷く。

「わ、私は、異動したくはありません」

少し勢い込んで言う由梨に、隆之は力強く頷いた。

「君は今や秘書室に欠かせないメンバーだし、長坂の下でもうしばらく経験を積んだら、役員秘書として独り立ちできるだろう。……異動はそれからかな」

「本当ですか⁉」

思いがけない隆之の言葉に、由梨は思わず大きな声を出してしまう。

役員秘書として独り立ちするなど、父とともにここへ来た頃は考えられなかった。

仕事は一生懸命やっていたつもりだ。だがそれは、今井家の娘に求められているものではなかったはずだ。

それなのに、隆之が自分を色眼鏡で見たりせず、ほかの社員と同じように認めてくれたのが嬉しかった。

もしかしたら女子トイレで言われていたように、秘書室以外では使えない社員かもしれない。だとしても、少なくとも秘書室では必要とされている。今の由梨にはそれで充分だった。

「……もちろん、もう少し先になるだろうが。どう？　安心した？」

　由梨は頬を染めて頷いた。

　隆之がふわりと笑う。

「ん。じゃあ、解決」

　その瞬間、彼が社長から夫の顔に戻ったような気がして由梨の胸がどきりと鳴った。考えてみれば、こうして寝室でゆっくりと顔をつき合わせるのは初めてだ。結婚式の日の夜は由梨は先に寝てしまったし、それから今日までの日々も、大抵隆之は由梨が寝てしまってから寝室へ来る。そして朝は先に起きている。

「お疲れのところ、あ、ありがとうございました！」

　なんだか急に気恥ずかしい気分になって由梨は回れ右をする。しかし「お茶でも淹《い》れますね」と、リビングへ向かおうとする由梨を隆之が止めた。

「異動をしたくないのはなぜ？」

「え？」

由梨は振り返って聞き返した。

隆之はベッドに腰掛けたまま組んだ両手にアゴを乗せ、由梨をじっと見つめている。

「あ、あの……」

「大抵の社員は、昼も夜もパートナーと一緒は嫌だとか、やりにくいとか言って異動したがるんだ。一方で君は異動はしたくないと言う。それはなぜ？」

由梨は黙り込んでしまう。

秘書室が好きだからそのまま働き続けたいのだと、隆之には以前、伝えたはずだった。それをもう一度尋ねる彼の意図がわからず、戸惑う。それに、なぜかはわからないが、今の彼は以前と同じ答えでは満足してくれない、そんな気がした。

「なぜ？　由梨」

いつまでも答えない由梨を、優しく隆之が催促する。

優しいけれど、『答えるまでは許さない』――そんな眼差しで。

「ひ、秘書室の方たちは、何も知らない私に一から仕事を教えてくれました。も、もうしばらくは一緒に働いていたい……から、です」

それでも何か言わなくてはと口にした由梨の言葉に、やはり彼は満足しなかったようだ。男らしい眉を寄せると立ち上がった。

「それだけ？」

「……え、きゃっ！」

隆之は由梨の腕を強く引き、倒れ込みそうになる彼女を抱き止めた。そして、そのままベッドに戻る。

あっという間に、由梨はベッドに腰掛ける隆之の腕の中に閉じ込められてしまった。あの狼の瞳が『正しい答えを言うまでは逃がさない』と見下ろしている。甘くて少し野性的な隆之の香りが、由梨を包んだ。

「長坂たちと、もっと一緒に働きたい……か。それだけか？」

隆之は、気に入らないとでも言うように鼻を鳴らした。そしてジロリと由梨を睨む。

「あ、あの……」

「由梨、俺を忘れているだろう」

「え？　あっ！」

由梨は声をあげる。

「秘書室から異動になるということは、長坂たちと離れるだけじゃない。俺とも離れるということだ」

夫婦を離すことに異動の意味があるのだから、当たり前と言えば当たり前。それなのに由梨は、なぜかそこに考えが至っていなかった。

そんな由梨を、今頃気がついたのかというように隆之が見ている。

「そうですね……すみません」

その視線から逃げるように由梨はうつむく。けれど、許さないとばかりにアゴに手を添えられて、上を向かされた。

「実を言うと、由梨を秘書に欲しいという役員はすでに何人もいるんだ。由梨はまだな部分もある。でも、それを凌駕するほどの可能性があるからね。……しかし、俺はそれを断っている」

視線をそらすことすら許してもらえないまま、至近距離でじっと見つめられて、由梨の鼓動が痛いくらいに激しく脈打つ。

「由梨を、ほかの男の秘書になどできないからね」

それは秘書として未熟だから……というわけではないと彼の瞳が言っている。

アルファは、群れの者がほかの群れへ行くことなど許さない。無論、群れのメンバーも、その圧倒的な強さに魅了されて、それを望まない……。

隆之が由梨の耳に唇を寄せた。

「由梨は渡さない」

低い声で囁かれて、由梨の身体がびくりと震えた。そしてその澄んだ綺麗な瞳に囚われたように、身動きすらできない。

「あの……」

由梨は掠れた声を絞り出す。ようやく隆之が求めている答えがわかった。

隆之が先を促すように眉を上げた。

「あの……私、隆之さんのそばにいたいです。離れたくはない……です」

息苦しささえ感じる中、由梨はようやくそれだけを言う。が、それ以上は続けられなくて、逃げるように目を閉じた。

自覚したばかりの恋心を伝える勇気は、まだ持てなかった。それでも、今の由梨には精一杯のその言葉は、隆之を満足させたようだった。

「ん、合格」

柔らかい声音に目を開けば、満足そうに微笑む隆之がいた。

そしてご褒美とばかりに唇にキスが降ってきた。

再びの今井家

祖父が亡くなった。

由梨はそれを勤務時間中にネットニュースで知った。

今井コンツェルン前会長・今井幸男《ゆきお》は、先代が起こした事業を国内一と言われるまでにした男で、その死は瞬く間に、財界のみならず、政界にまで広く知れ渡る。

死因は心不全。前日の夜、いつものように大酒を飲み、床についたと思ったらそのまま眠るようにして逝ったという。

突然の家長の死に、本家、分家を合わせると五十人に上る今井家の面々は大わらわだ。直系の孫とはいえ、はみ出し者であった博史の子、由梨への連絡は、後回しになってしまったのだろう。

ぼんやりとパソコンの画面を見ていた由梨に、外にいた隆之から連絡が入り、急ぎ荷物をまとめて東京へ行くように言われた。

『一週間、忌引で休ませるように蜂須賀には言ってある。つき添えなくて、申し訳ない。通夜と告別式には行くから、それまではよろしく頼む』

由梨は電話の向こうの事務的な隆之の声を聞きながら、そうか、隆之も親族になるのかと不思議な気持ちになる。

いつも何かあって東京へ行かなくてはいけない時は、ひどく憂鬱な気分になったものだ。祖父が亡くなったというのに不謹慎な話だが、今回もそれは変わらない。

それでも、隆之が駆けつけてくれるなら、今回はいつもよりはマシに過ごせるかもしれない。

「心細い思いをさせてすまない。何かあったらいつでも電話をくれ」

電話を切る間際の囁くような隆之の言葉が胸にしみた。そうだ、自分はもう今井家の地味な孫ではない。加賀隆之の妻として、しっかりとその役目を果たさなくては。

「大丈夫です。東京でお待ちしております」

なるべく声に力を入れて答えて、由梨は電話を切った。

今井本家の由梨の部屋は、彼女が出た時のまま残されていた。

五年前、父について北部へ行った時にあらかたのものは処分したが、それでもベッドとカーテンはそのままにしてあった。

主がいなかったにしては、カビ臭くもホコリ臭くもない部屋に入って、由梨はぼんやりと窓の外を見た。五年前は当たり前に毎日見ていた今井家の庭はよそよそしく、かつての住人である由梨を歓迎しているようには思えない。季節がひとつ進んだような、この暖かさにも違和感しを覚える。

コンコンとドアがノックされて、伯母《おば》の今井幸江《ゆきえ》と、その娘で従姉妹の朱里《あかり》が顔を出した。

敷地内に住んでいるこの親子は、いつも由梨の返事を待たずにドアを開ける。

「なんだ、由梨、いるんじゃない。帰ってきたならすぐに挨拶に来なさいと、いつも言っているでしょう？　本当に、いつまで経ってもぼんやりなんだから」

順番でいくと、末っ子だった父のひとつ上の姉に当たるこの伯母は、いつも由梨に口うるさい。

『母親を早くに亡くした由梨の母親代わり』『朱里とは姉妹のように育てている』などと公言しているが、それは表向きの話。

いつも由梨は朱里と比べられて罵られてきた。『同い年の由梨は地味で引き立て役にはちょうどいい』と陰で言っているのを聞いたのは一度や二度ではない。

実際、小中高と同じ学校に通った朱里は、美人で明るくて、いつもクラスの人気者だった。

『由梨は朱里の影』などとよく言われたものだ。

「お久しぶりです、伯母様。さっき着いたばかりでして、申し訳ありません」

「またあなたは、言い訳ばかりして。そんな調子で加賀さんの嫁が務まっているのかしら。早々に追い出されないようにしてくださいよ、今井の恥になりますからね」

幸江は、濃い化粧の眉を寄せて言う。

父親である今井幸男が死んでも、いたって平常運転らしい。

「あらぁ、お母様。それなら好都合よ」

幸江の隣では、朱里が由梨にだけ見せる意地の悪い顔で言った。

「あんな素敵な方、由梨にはもったいないもの。伯父様はいつも朱里にはとびきりいい縁談を探してやるって言ってたのに。なんだか裏切られた気持ちだわ」

朱里は拗《す》ねたように言う。

なんでも由梨より先にしなくては気が済まない彼女は、由梨が先に結婚したのが気に食わないようだ。

「あなた、寒いのは嫌いでしょう」

幸江が呆れたように言った。

「伯父様は可愛いあなたをあんな寒いところへはやりたくなかったのよ。……その点、由梨なら大丈夫。頑丈だもの」

この家での由梨の呼び名は〝雑草由梨〟。雑草なら、どんな土地でも根を下ろせる。

「そんなの！ 適当に理由をつけてしょっちゅう帰ってくるわ。嫁いだお姉様たちもそうでしょう？ お母様は加賀さんのすごさを知らないから、そんなことを言うのよ。加賀さんっていえば大学の頃から有名だったんだって、お姉様たちが騒いでいたわ」

朱里は勢い込んで続ける。

「こちらの商社にいらした時は、祥子《しょうこ》お姉様の親友の、えーと、誰だっけ……モデルのマリア‼ マリアと付き合っていたらしいのよ。それも、どうやらマリアのほうがべた惚れだったたって——」

「あなた、もうお祖父《じい》様にはご挨拶したの？」

人の夫のゴシップを下品にまくし立てる朱里を遮るように、幸江は由梨に尋ねた。

祖父は亡くなった時のまま、寝室に安置されている。

「……いえ。まだ」

本音を言うと、由梨は祖父に会うのが怖かった。

小さい頃も、大人になってからも、祖父に会う時はいつも叱られる時だった。

亡くなった今、もう叱責されないと、何度自分に言い聞かせても、怖じ気づいてしまう。

こうして屋敷に戻ってくると、自分の行動は自分で決めてよいと隆之に言われたあの夜は幻だったのかもしれない、とすら思う。

祖父に会いに行ったら、もう話さないはずの祖父がむくりと起き上がって、『加賀家には戻さん』と言われ、一生この屋敷に閉じ込められてしまうのではないか——そんな想像すらしてしまう。

「本当にグズねぇ。ちゃんとご挨拶しなきゃダメじゃないの」

イライラと癇《かん》を立てる伯母に引きずられるように、由梨は祖父の寝室を目指した。

当たり前だが、由梨が祖父の部屋に入っても、想像したようにはならなかった。

祖父はただ眠っているかのようにそこにいたが、その表情からは生きていた頃の威厳を窺わせるものは感じ取れない。ただ死に召された者だけが持つ、何もかもを捨て去った安らかな眠りがあるだけだった。

由梨はそっと祖父の手に触れてみる。ひんやりとした感覚が由梨の指先から伝わった。

ただ、悲しいとは思わなかった。

ただ、本当に解放された、そう感じた。

通夜は翌日、告別式は明後日と決まった。

隆之は業務の都合上、駆けつけるのは明日の午後になるようだ。

その日の夜は大広間で久しぶりに親戚一同が集まっての夕食となった。先々代がハイカラ好みだったため、今井の屋敷は洋館だ。大広間の天井は高く、そこにアンティークのシャンデリアが光り輝いている。

そのテーブルの隅で、由梨は味のしない食事を、ひたすら口に運んでいる。

「由梨、加賀君の部屋はゲストルームに準備してあるからな。明日来られたら案内するように」

祖父が亡くなり、名実ともに一族の長となった幸仁伯父が、テーブルの一番遠い場所から由梨に言った。

それまで思い思いに話していた者たちは、伯父の声につられて由梨を見る。

「あら、いたのね」という囁きも聞こえた。

「はい。わかりました」

由梨は無表情で答えた。

「相変わらず、暗いわね」

由梨の斜め前に座っている今井祥子が吐き捨てるように言った。彼女は一族の中でも人一倍プライドが高く、派手好きだ。由梨に対してはいつも、地味だ、暗いと言いたい放題だった。

「伯父様、なんでこんな子が加賀さんの奥様なの。私、許せないわ」

朱里の姉の祥子は三年前に嫁いだが、性格の不一致で昨年離婚し、戻ってきた。以来、敷地内の建物に住んでいる。

「年齢でいえば、私が釣り合うのに」

口を尖らせて言う祥子の言葉に、朱里が声をたてて笑った。

「まさか、お姉様！　出戻りじゃ失礼よ！　私が一番適任だったはずよ。伯父様ったら、どうして私にしてくださらなかったの？」

祥子はジロリと朱里を睨む。

「あんたみたいな子供じゃ無理よ。加賀さんの歴代の彼女を知ってるでしょう。皆大人で、スタイルがよくて美人なの。愛嬌だけじゃダメなのよ」

「ほー、祥子は加賀君を昔から知っているのか。だとしたら、本当に間違えて縁組しちまったんじゃないかい。兄貴」

伯父のひとりが幸仁伯父に言う。

組み合わせを間違えたなど、人の結婚をなんだと思っているのだと由梨は心の中で憤るが、考えてみれば今井家では普通の会話だ。

五年前に北部支社に来ていなければ、由梨は今もこの中で疑問に感じることすらなかったかもしれない。

「加賀君の相手は、由梨でいい」

幸仁が鬱陶しそうに言う。

「そうですよ。今さらみっともないことを言わないでくださいな、祥子さん、朱里さん。あなたたち、北部に行く覚悟はないでしょう？」

幸仁の妻である芳子《よしこ》が夫と同様、鬱陶しそうに言う。

「祥子、もしかしてお前、元カノなんじゃね？」

従兄弟のひとりの下衆な勘ぐりに、由梨の胸がずきんと痛む。

まさかとは思うものの、隆之の派手だったという女性遍歴を考えると、ありえなくはない。

由梨は恐る恐る祥子を見た。

祥子はふてくされたように背もたれに身体を預けて、ナフキンをひらひらとさせた。

「私じゃないわ。……マリアよ」

「え？　マリア？　マリアって、お前の友達でモデルの？」

今度は従兄弟たちが色めき立つ。

ひゅーと誰かが口笛を鳴らした。

「あのレベルかぁー！　すげえなぁ。だったら本当に失敗したかもしれないぜ、伯父さん。あんな女を相手にしてた男が、由梨で満足できるわけがない」

今さら従兄弟たちの暴言に傷つく自分ではないと思いながらも、由梨の胸がキリリと痛む。今彼が言った戯言《ざれごと》は、由梨が最も恐れていることだからだ。

「そんなにすごいのかい、彼は」

幸仁は、従兄弟の言葉に不安を感じたようだ。

「すごいんだから！」

答えたのは祥子だった。

「私が大学一年の時に、確か加賀さんは東都《とうと》大の四年生でいらしたかしら？　すごくカッコよくて優秀なので有名だったんだから」

祥子はまるで当時を思い出すように、うっとりと続ける。

「私、大学は違うけど、インカレサークルに入っていて、マリアと一緒によく彼を見に行ったわ。いつもミスキャンパスとかモデルとか、そういう彼女を連れてた。相手はひっきりなしに変わるんだけど、誰ひとり彼を悪く言う人はいなかったわ」

「ひっきりなしに相手が変わるのに、お前は相手にされなかったわけだ！　さすがにマリアには負けるってか」

従兄弟のからかいに、祥子は憮然とする。

「タイミングの問題よ。マリアがたまたま……聞くところによると、加賀さんは付き合う前に結婚はできないって確認して、それでもいいって子としか付き合わなかったそうよ。結婚と恋愛は、完全に分けてらしたんじゃないかしら」

そこで言葉を切ると、祥子は意地の悪い視線を由梨に向けた。

「だとしたら、由梨が受け入れられたわけがわかるわ」

祥子の話を聞いた幸仁は首を振って「くだらん」と呟いた。

「とにかくもう決まった話だ。加賀君が結婚と遊びを分けていたと言うなら結構じゃないか。ゆくゆくは加賀家の長となる者としての自覚があったのだろう」

ひどい言われようだが、当を得た話でもあると由梨は思う。

加賀隆之は学生の頃から、恋愛と結婚を完全に分けて考えていた。だからこそ、由梨を受け入れた。

由梨はずきんずきんとなる胸の痛みから逃れるように、小さく首を振った。

「いくら由梨に不足があっても、彼がそういう考えの持ち主なら、安心できるというものだ」

　そう言って、幸仁はワインを呷った。

「でも、別に由梨も捨てたもんじゃないよな」

　唐突に会話に飛び込んできたのは、幸仁の息子の今井智也《ともや》だ。

「なりは地味だけど顔は可愛いじゃん。マリアみたいに巨乳じゃないし、祥子姉さんみたいに派手じゃないけど、由梨みたいなのが好きな男も絶対いるぜ。現に、由梨はずっと兄貴のお気に入りじゃん！」

「智也、お黙りなさい！」

　息子の言葉に、芳子が声を荒らげた。

　智也は「おっと」と言って首をすくめる。

　智也の兄の和也はドイツへの長期出張中でこの場にはいないが、一族の中で唯一、由梨に親切にしてくれた人物だ。

　しかし由梨は、その親切を素直に受け止められなかった。彼の母親である芳子の逆鱗に触れるからだ。

　芳子は、今井家の後継者である和也が親しくする相手として、由梨はふさわしくないと考えている節があった。和也が由梨に優しくしているところを見かけるたびに、由梨への当たりがキツくなる。和也も母親には逆らえないため、結局はあとで由梨がつらい思いをしたのだ。

実を言うと、由梨はこの場に和也がいないことに安堵していた。

「由梨さん、あなたは北部に骨を埋めるつもりで、しっかりと加賀家にお仕えしなさい。それが嫁となる者の務めですよ」

案の定、芳子は由梨を睨んで言う。

「はい」

「皆さんも！　加賀さんは北部の社長さんですよ！　そのようにおっしゃるなら、北部へ行く覚悟をなさい！」

芳子の一喝に食卓が静まり返り、由梨もフォークとナイフを持った手を止めた。

対外的な今井家の長はもちろん幸仁だが、内内で影響力があるのはその妻である芳子である。その芳子が一喝してもなお、話を続けられる勇気のある者はいない。

これでもうとりあえず、この場はあれこれ言わない。

助かった——はずなのに、なぜか由梨の心には青い炎が灯っていた。

由梨が知る限り、ずっと北部支社は嫌われた土地だった。

今井家において〝北部支社へ飛ばす〟とは、すなわち懲罰的な意味合いを持つ。一族の中で問題を起こした者、使えないとされた者、そうレッテルを貼られた者が行く所だった。

そうとは知っていたはずなのに、改めて芳子の口から聞くと、今までと違った色合いを帯びて聞こえる。

今までの自分では考えられない話だが、確かに今、由梨は芳子に怒りを感じていた。

そして由梨は、自分でも意識しないうちに、音もなく立ち上がった。

場が静まり返る。

皆が呆気に取られ、由梨を見た。

テーブルに置いた手が震えているのは怒りか、恐れか、その両方か。

由梨はゆっくりと芳子を見た。

そうしてみて気がついた。このようにしっかりと彼女を見たのは初めてだ。いつも彼女に小言を言われる時は、恐ろしくて目を見られなかったから。

「なんです？ 由梨さん。お行儀が悪いですよ。座りなさい。まったく、あなたはいつまで経っても——」

「伯母様」

大きい声ではなかったが、はっきりとした由梨の声は食堂によく通った。芳子は一瞬、何が起こったかわからないように目を瞬かせた。

由梨がこのように芳子の言葉を遮るなんて、初めてだったからだ。

「伯母様、北部支社をそのようにおっしゃるのは、おやめください」

怒りで少し声が震えてしまう。でも、どうしても、これだけは言わねばならないと、由梨は自分を励ました。

「北部支社も今井コンツェルンの一員です。そのようにおっしゃるのは、今井コンツェルンの会長である伯父様のお立場を考えると……控えるべきだと思います」

食堂にいる誰もが目を剥《む》いた。

あの由梨が。

今井のみそっかすの由梨が、一族の頂点にいる芳子に意見したのだ。

そんなことは、天地がひっくり返ってもありえない。

「わ、わ、私に向かって、お、おっしゃったの？　由梨さん」

芳子も、自身の耳が信じられなかったようだ。

由梨は静かに頷いた。そして、じっと伯母を見つめる。

恐れる気持ちはあるけれど、決して目をそらしてはいけない。もう、自分は今井家の一番下で泣いている、小さな女の子ではない。北部支社の社長である加賀隆之の妻なのだ。

自身への侮辱は今まで通りやり過ごせても、北部支社への侮辱は許せない。

隆之の、そして秘書室の仲間の笑顔が脳裏に浮かんでは消えた。

「あ、あ、あなたにっ、あなたに言われなくても、わかっていますっ！」

青筋を立てて、芳子が叫ぶ。

ひぇ〜と、智也が小さく呟いた。

「そうですか」

由梨は努めて冷静に相槌を打つ。

「そうです！　わ、私は、この今井コンツェルン内の順位にのっとって話をしているのですよ。誰も、最下位に位置する北部支社へは行きたくないでしょう？」

「なんの順位ですか？　伯母様」

まくし立てる芳子をじっと見つめて、由梨は静かに尋ねた。

質問を質問で返すのは失礼だと長坂には教えられたが、今だけは許してほしいと思いながら。

「は？」

芳子が間の抜けた声を出して固まる。

「その最下位というのは、何を基準とした順位なのでしょう」

由梨は語気を荒らげる。

「北部支社の昨年度の売上高は、今井コンツェルン内で本社に次いで第二位です。昨年比でいけば、本社を抜いて第一位。間違いなく、今、コンツェルン内で一番勢いのある支社のうちのひとつなのですよ」

そこまで一気に言ってしまってから、由梨は息を吐いた。そしてもう一度、じっと芳子を見つめた。

「その北部支社を、伯母様は最下位だとおっしゃった。これは北部支社の社長の妻という立場から、また、北部支社の社員としても、納得できかねます」

芳子はあんぐりと口を開けたまま由梨を見ている。初めて由梨に反抗されて頭が追いついていないようだ。持っていたフォークが、かちゃりと落ちた。

由梨は言うだけは言ったと思い着席した。そして長い長いため息をついた。

居心地の悪い沈黙が大広間を包む。

誰もが由梨と芳子を代わる代わるに見て、成り行きを見守った。

その沈黙を破ったのは、一族の長である幸仁だった。

「由梨の言う通りだ」

「あ、……あなた？」

掠れた声で芳子が夫に呼びかける。

「北部支社は今やコンツェルン内ではなくてはならない存在だ。……お前たちの」

幸仁は言葉を切って、自身の弟たちと甥たちを睨む。

「お前たちの昨年度の赤字をカバーできたのも、北部支社のおかげだ。今後、北部をバカにするのはわしが許さん。特に加賀君がいる前ではな。彼は今やコンツェルンにはなくてはならない人材だ」

男性陣の何人かは、ばつが悪そうな表情でうつむいた。幸仁は隣で絶句している妻を見る。

「お前も、今後はこのような発言は控えなさい。加賀君がいなくなれば、我が社は危うい。由梨！　この話は加賀君には内密にしなさい」

幸仁が由梨にそう釘を刺した時——。

「……旦那様」

大広間の入口から声がかかって、ハッと皆がそちらを向く。

今井家の使用人が、心底困ったと言いたげな表情で立っていた。

「あの……加賀様が、お見えです」

彼の後ろに隆之がいた。

「あ、え？　加賀君？」

いつも堂々としている幸仁伯父が、このように動揺しているところを、由梨は初めて見た。

「着くのは明日では？」

「予定がひとつなくなりましたので、急ぎ駆けつけました。ご連絡も入れずに申し訳ありません。お悔やみを一刻も早くお伝えしたくて」

隆之が丁寧に頭を下げる。

「いや」

幸仁が首を振った。

「君も親戚に当たるのだから遠慮はいらん。それにしても、おい、お前！　加賀君が来ているなら、さっさと声をかけんか‼」

幸仁は下がりかけている使用人を叱った。

「彼をとがめないでください。お声がけしようと思いましたら、取り込み中のようでしたので、お待ちしていたのです」

隆之は使用人をかばい、彼を下がらせる。

食堂に、先ほどとはまた違った緊張が走る。伯父が由梨に口止めした話を、よりによって本人に聞かれてしまったのだから。

「加賀君、その、妻が言ったことは――」

「それなら、お気になさらなくて結構です」

隆之はそう言って、食卓の隅で皆と同じように唖然としている由梨に歩み寄った。大理石の床に隆之の上質な革靴の音がカツカツと鳴った。そして皆が固唾を呑んで見守る中、由梨の真後ろに立ち、背もたれに両手をついた隆之は優雅に微笑んだ。

「私が言うべきことはすべて妻が言ってくれたようです」

隆之の温かさを背中に感じ、由梨の心は凪いでいく。

芳子の顔が醜く歪んだ。

「初めてお会いする方もいらっしゃいますので、ご挨拶をしなくてはと思うのですが……。遠方から来たもので、少々疲れました。本日は、失礼させていただいてもよろしいですか」

「お……あぁ、もちろんだ。だが加賀君、食事は？」

聞かれたくなかった話を聞かれてしまった隆之がこの場に止まらないことに、幸仁は安堵した様子で答える。

「来る途中で食べてきましたので、お気遣いなく」

「そ、そうか。では由梨、ゲストルームにご案内しなさい」

由梨は頷いて立ち上がった。

「では、失礼いたします」

隆之がもう一度丁寧に頭を下げた。

朱里と祥子が隆之を羨望の眼差しで見つめ、次の瞬間、由梨を憎々しげに睨んだ。

由梨も無言で頭を下げて、ふたりは食堂をあとにした。


「ここが由梨の部屋か」

そう呟いて隆之はシャツの首元をくつろげた。

ふたりして大広間を出たあと、隆之はゲストルームではなく、由梨の部屋へ行きたいと言った。

何もないですよと答えても、それでも見たいと言われては仕方がない。特に断る理由もなく、今は由梨の部屋でふたりきりである。

大広間にいた時も、今井家の中に隆之がいるという光景に由梨はひどく違和感を覚えた。自分の部屋となるとなおさらだ。

由梨の好きな水色の花柄のファブリックの中にあって、黒い上質なスーツを着た隆之は、なんだか異世界から来た宇宙人のようにさえ思える。

それくらい隆之と今井家はそぐわない。

「もう、何も残っていませんが」

そう言ってもじもじする由梨のほうが、まるで客人だ。なんだか身の置き所がない。

それにしても隆之はなぜいつもこのように堂々としているのだろう。大広間でも、幸仁伯父の前でも。

「結婚が急だったから、あっちでも君の部屋に行く機会がなかっただろう。せっかくだからどんな感じか知りたくてさ」

機嫌よく言って、隆之は自然とベッドに腰を下ろした。そしてポンポンと自分の隣を叩く。由梨にも座れという合図だろう。

けれど由梨はそれはできなかった。先に言っておくことがある。

「あの、社長。食堂での伯母の話……申し訳ありませんでした」

由梨は隆之の前でうなだれた。

血族だけを大切にして、世間を狭くしてきた人たちの戯言でも、言っていいことと悪いことがあると思う。ただただ恥ずかしかった。

数年前まで自分がその中にいたという事実があるから、なおさら。

「由梨は気にしなくていい」

隆之が由梨の両手を取って穏やかな表情で見上げる。

「縁続きになる家の事情だからね。大体はわかっていたよ」

それでも、と由梨は首を振る。思いがけず涙が溢れた。悔しくて、許せなくて、やるせなかった。

涙は由梨が首を振るたびに、ぽたぽたと彼女の両手を包む隆之の手に落ちた。

「由梨?」

確かにそうだろう。

加賀隆之ほどの人物が、よく調べもしないで人生の一大事を決めるはずがない。

泣き止まない由梨の両手を、ぎゅっぎゅっと隆之の大きな手が握る。

「でも……。しゃ、しゃ……ちょう。あんな、あんな言い方……」

大好きな人からもらったプレゼントを土足で踏みにじられたうえに、それをその大好きな人に見られてしまった、そんな気分だ。

涙が止まらなかった。

「もし君が困るようであれば、助けに入らなくてはと思っていた。でもその必要はなかったみたいだ」

由梨はうなだれていた顔を上げて、隆之を見た。

隆之の瞳が力強く由梨を見つめ返す。

「由梨、よくやってくれたね。ありがとう」

「社長……」

やっと涙が止まった。隆之の妻として少しはその役目を果たせたのかもしれない。

隆之が顔をしかめた。

「由梨、呼び方が戻っている」

「あ」

由梨は思わず口を押さえる。北部支社への思いが強く出て、妻と言いながら一社員のような気持ちになっていたのかもしれない。

隆之が由梨をひと睨みすると立ち上がった。

「え？　きゃっ……！」

由梨をサッと抱え込むともう一度ベッドに腰掛ける。由梨はその広い膝の上に、子供のように座らされてしまった。

慌てて立ち上がろうにも、がっしりとした両腕に囲われて叶《かな》わない。さらには至近距離からあの狼の瞳で見つめられて、ますます動けなくなってしまう。

「君は無意識かもしれないが、家でも時々、〝社長〟になっているぞ」

「え？　……そうですか？」

全く気がつかなかった。

昼間の会社ではもちろん社長と呼ぶので、うまく切り替えができていなかったのかもしれない。

隆之は「そうだ」と言うと、やや大袈裟に眉を寄せた。

「き、気をつけます……」

そう言う由梨の唇を隆之の親指が辿る。そして静かに尋ねた。

「君の中で、俺はまだ社長のままか？」

なんと答えればいいのだろう。

隆之は由梨にとって大好きな会社の尊敬できる上司であり、それは仕事を続ける限りずっと変わらない。

今井家という檻の鍵を由梨に渡してくれた恩人でもある。

一方で愛おしいという気持ちはまだ芽生えたばかりで、もちろんどんどん大きくなってはいるけれど、それ自体に戸惑っている自分もいる。

そんな思いが由梨の頭の中をぐるぐると回った。

隆之の強い眼差しはじっと由梨を捉えて離さない。何か言わなくては、由梨がそう思った時、隆之が自身の唇をペロリと舐めた。

（あ、狼）

由梨がそう思った刹那。

隆之が自身の唇で由梨のそれを塞いだ。

「ん、んんっ……！」

こんなキスは知らない。

由梨は思わずくぐもった声を漏らす。その自分の出した声が、妙に艶めいていて恥ずかしかった。

やっぱり彼は狼なのだと強く思う。だって、こんなすべてを食べるようなキスをするのだから。

反射的に逃げようとする由梨の身体は、隆之の鍛えられた両腕に抱き込まれ、後頭部に大きな手を差し入れられては身動きすら取れない。隆之になされるがままだ。

今までのとは比べものにならないほどの長いキスに、由梨の唇は酸素を求めて薄く開く。

そこへ隆之はすかさず侵入した。

「んんっ……！」

まるで脳の内側を舐められているような感覚に、由梨は全身を震わせる。初めての刺激は、由梨には強すぎて少し怖い。そんな由梨の戸惑いとは裏腹に、隆之は容赦なく由梨の中で盛大に暴れ回った。

由梨は知らなかった。

口内を刺激されるのがこんなに気持ちいいなんて。脳がとろとろに溶けてしまいそうだ。隆之の上等のシャツが皺になることも考えられず、ひたすら震える手でしがみついた。

その由梨の両手の力も抜けようとする頃、ようやく解放された。

「大丈夫か？」

官能的な刺激と酸素不足で、由梨はぐったりとして口も利けない。隆之の腕の中でただ、はぁはぁと息をするのみである。

そんな由梨を見て隆之がくっくっと喉で笑った。

「今のはお仕置きだぞ」

信じられないことを言って、隆之が由梨を覗き込む。

まだ身体に力が入らない由梨は、ぼんやりとその瞳を見つめた。

「呼び方を間違えるたびに、今のキスだ。わかったか？」

由梨はふるふると首を振る。

「あ、あんな……キス。ダ、ダメです」

「あんなキスってどんなだ？　ん？」

隆之は由梨の耳に唇を寄せて囁いた。そしてびくりと肩をすくめる由梨の耳を、ペロリと舐めた。

「きゃう！」

由梨は身体をしならせる。

「やっ、ダメ、しゃ、ちょ……う、あっ……！」

「ほらまた」

再びの深いキス。由梨の思考は巧みな隆之によってまた、とろかされていく。お仕置きなんて言葉だけで、なんだかご褒美をもらっているような気分だった。

口づけを解いた隆之は、潤んだ瞳の由梨を見下ろしてふっと笑う。唇が濡れているのが、ひどく扇情的だった。

由梨はまるで自分が小さなウサギになってしまったような錯覚を覚える。気高き狼に襲われる前の獲物のように動けない。

「た、たか……ゆきさん」

隆之がふっと微笑む。そしてよくできましたとでも言うように、由梨の頭を撫でた。

あぁ、これで許してもらえると、由梨は胸を撫で下ろす。

隆之の狼の瞳は、ひどく魅力的だけれど心臓に悪いのだ。今だって痛いくらいに鳴っていて飛び出してきそうなくらいだ。

だが、そんな由梨の期待を裏切り、隆之は由梨の耳に再び唇を寄せる。そしてペロリと舐めたかと思うと、おもむろにそれを口に含んだ。

「きゃっ！　あ、んんっ……！」

突然の刺激から逃れようと身をよじる由梨を、当然隆之は許さない。大きな手でがっしりと頭を固定し、捕らえた獲物を楽しむように食《は》んでいく。

「嬉しかった。由梨があんな風に言ってくれて」

隆之が、由梨の耳を食みながら囁く。低い声が、由梨の脳に直接甘く響いた。

「そん……な、私、夢中で……」

隆之の耳からの刺激は由梨の全身を駆け巡り、うまく言葉を紡げない。

「そ、それに……私の言葉なんて……」

今井家ではなんの影響力もない。

「俺は、由梨が由梨の言葉で北部支社をかばってくれたのが嬉しかった。俺の妻と自分から言ってくれたのも初めてだ」

そうだったかな、と由梨は霞む思考で考える。

芳子に意見するなんて、今までの自分では考えもしなかったような大それた行動だったけれど、それが隆之のためになったのであれば、よかった。

胸の中に温かいものが広がった。

隆之が微笑んだのを、由梨は耳にかかる吐息で感じる。なんだかくすぐったくて首をすくめると、隆之が耳から唇を離した。

見上げると、極上の笑みを浮かべて由梨を見つめている。

「た、隆之さんに喜んでいただけたなら、よかったです」

長坂は、夫婦はそれぞれのやり方で夫婦になっていくと言った。本当にその通りだと由梨は思う。

今井家の醜態を晒してしまったけれど、隆之と自分はまた少し近づいた。それがとにかく嬉しくて、由梨はニッコリと微笑んだ。

「あぁー」

突然、隆之がため息をついて由梨の胸元に顔を埋める。

クセのある黒い髪が由梨の頬をくすぐった。

「あ、あの隆之さん？」

いつも冷静沈着、それでいて温厚な隆之らしくない振る舞いに、由梨は戸惑う。その表情を見たくても、抱きしめられた腕の力が強すぎて身動きが取れない。

「あの……」

由梨が声をかけると、ようやく隆之は顔を上げた。その顔が少し赤いような気がするのは気のせいだろうか。

「その笑顔！　俺に笑いかけてくれるのは、初めてだ！」

「え!?　そ、そんなはずはないと思います。勤務時間中は、いつもにこやかにするように心がけていますし、結婚式の時だって……」

「義務で笑うのではない、心からの笑顔だ。あぁ、以前タクシーの中でも見たな、だが、あれは俺にじゃなかった」

隆之は戸惑う由梨にもう一度軽くキスをして、額と額をくっつけた。

そして、至近距離でじっと由梨を見つめる。

「俺は由梨のその笑顔に弱いみたいだ。その笑顔を見せられると、今すぐにでも、すべてを手に入れてしまいたくなる」

〝すべて〟とはどういう意味だろう——とは、もはや由梨も思わない。

隆之の瞳の奥が燃えている。同じように、由梨の心も燃えるように熱くなった。

「由梨、俺の妻になる覚悟はできたか？」

隆之の言葉に由梨は身体を震わせた。

愛しい人に求められている、その事実に身体が歓喜に包まれている。そして同じように由梨も彼を欲しいと思った。

彼が上司だとか、名家の御曹司だとか、自分たちは政略結婚なのだとか、すべてのことが今、頭から吹き飛んだ。ただ目の前の男性が愛おしくて、余計なことは何も考えずに身を委ねたくなる。

「由梨？」

甘い甘い隆之の声が、瞳が、由梨を優しく促す。

なんてズルい人、と由梨は思う。こんなに魅力的な声音で、瞳で、尋ねられては、ノーと言えるわけがない。

こくりと由梨は喉を鳴らす。

その答えを口に出すのはとても恥ずかしい。でもちゃんと自分の口で答えなければ彼が許してくれないのもわかっていた。

熱に浮かされたように隆之を見つめたまま、由梨はついに掠れた声を絞り出した。

「はい、覚悟……できました」

再び隆之が「あぁー」と唸《うな》って、由梨の胸元に顔を埋めた。

「……隆之さん？」

由梨は頬を染めたままキョトンとして、彼の頭を見下ろす。

がっしりと抱きしめる力はさっきより強く、由梨はますます身動きが取れない。なんだか目の前のつむじが可愛らしく思えて、指で押してみる。

隆之が顔を上げた。

「せっかく由梨からオーケーが出たのに。ここじゃ君を抱けない」

ふてくされたように言う隆之に、由梨は耳まで真っ赤になる。

もちろんそのつもりで答えたのだが、そう直接的に言われたのでは、なんだか恥ずかしくて仕方がない。

「た、隆之さん！」

「ここは君を抱くのにふさわしくない場所だし、君はお祖父様を亡くしたばかりだ。ああ、今すぐに俺の屋敷に連れて帰りたい」

やや早口に言って再び隆之は由梨を抱きしめた。

本当に、彼は一体いくつ顔を持っているのだろう。社長の顔、狼の顔……。そして今は、なんだか同級生の男の子のように率直で飾り気がない。

どの顔も彼に違いはないはずなのだが、変わるたびに由梨はドキドキとさせられる。

心の準備はできたと答えた由梨だけれど、こんな彼を見たら、やっぱり無理かもしれないと挫けそうになってしまう。

「由梨、言質は取ったからな。加賀家《うち》に帰ったら、俺はもう待てない」

「そ、そんな風に言わないでください」

由梨は真っ赤になって隆之を睨む。

「そんな風って、どんな風だ？」

とぼけてみせる隆之が恨めしい。

「だ、だ、抱くとか、待てないとか……！」

恥ずかしい。

由梨は両手で顔を覆った。

隆之と由梨とは経験値が雲泥の差なのだ。もう少し歩調を合わせてくれないと、いつか心臓が破れてしまうと由梨は思う。

それなのに指の隙間から見る隆之は、なんだか愉快そうに微笑んでいる。

「何が恥ずかしいんだ。由梨と俺は夫婦なんだから、何も悪いことじゃないだろう」

「それでもダメです！」

反論する由梨に、隆之はアーモンド色の瞳を優しく細めた。

「ぷんぷん怒る由梨も可愛いな」

一体、彼はどうしてしまったのだろう。政略結婚ではあるが、彼なりに由梨を大切にしようとしてくれていたのは知っている。経験豊富な彼が、何もなしの結婚生活に満足していないであろうことも。

でもこれじゃあ、まるで、まるで彼が由梨を好きみたいじゃないか。

隆之は真っ赤なままの由梨の頬に、ちゅっと音をたててキスをした。そして由梨が驚く間もなく、次は額に、瞳に、そして首にまで。次々にキスを落としていく。

「お祖父様を亡くしたばかりなのに、不謹慎なことをしてすまない」

隆之はそう言って、仕上げとばかりに最後は唇に深いキスを落とす。

「ん」

由梨は今度は自然に彼の侵入を受け入れる。心なしかさっきよりも熱く感じる彼に、夢中で由梨も吸いついた。

隆之は、丁寧に丁寧に由梨の中を味わっていく。

隆之が由梨の初めての場所に触れるたびに、頭がふわふわとして、なんだか上も下もない世界にいるみたいな気分になる。

由梨の身体から力が抜けて、隆之にもたれかかるようになった頃、隆之の唇がゆっくりと離れていく。由梨はそれを物足りなく感じた。

「少し慣れたみたいだな」

隆之が、愉快そうに由梨を見下ろしている。

慣れた？　これで？

由梨は、ぼんやりとしたまま考える。

こんなにドキドキとして頭がふわふわとするというのに？

「私……キスも、何もかも初めてだったので、あの、うまくできなかったら、ごめんなさい」

由梨はうつむき、蚊の鳴くような声で言う。覚悟はできたなどと大それたことを言って、その実、全く経験がなくてはがっかりとさせてしまうかもしれない。

ずっと不安に思っていたことを、ようやく由梨は口にした。それなのに、肝心の隆之は何も答えてはくれない。それを少し不思議に思い、由梨は顔を上げる。彼は右手で顔を覆って目を閉じていた。

(隆之さん? 顔が……赤い?)

「あの……」

どうかしたのかと由梨が訝しんで声をかけた時。

「ダメだ」

突然、隆之が由梨をベッドへ下ろし、立ち上がった。

(え? ダメ?)

由梨はベッドにぺたりと座ったまま立ち上がった隆之を見る。やはり経験がなくてうまくできなくてはダメなのだろうか。

隆之は少し情けない表情で、ぐしゃぐしゃと頭をかいた。いつもきちんと撫でつけられている髪が、ぴんぴんと跳ねた。

「このままここにいたら、我慢できなくなりそうだ」

「なっ……!」

だから、そういうことは言わないでほしいのにと声をあげかける由梨を、隆之は軽く睨む。

「由梨。君を欲しいと思う男の前で、そんなことを言うと、何をされても文句は言えない。……今回は俺の忍耐に、感謝するように！」

そうして足早に部屋の入口へ向かうと、廊下へ続く扉を開ける。

「え？　あっ、あの……」

「ゲストルームへの案内は家の誰かに頼むよ」と言い残して、隆之はそのまま出ていった。

残された由梨は唖然として、スーツの大きな背中が消えていったドアを、じっと見つめた。

その夜は、隆之が残していった熱いキスの余韻がなかなか消えてはくれず、由梨はベッドに入ってからも何度も何度も寝返りを打った。

隆之の忍耐

（なんなんだ、あれは。あれは反則だ‼）

隆之は心の中で悪態をつきながら、えんじ色の絨毯が敷き詰められた今井家の廊下を進んだ。

ゲストルームがどこかはわからないが、どこでもいいからとにかく頭が冷えるまで歩き続けなくてはと思った。でなければすぐにでも、由梨の部屋に戻って彼女に襲いかかってしまいそうだった。

結婚してから由梨は変わった。

もともとは仕事熱心だったのに、父親が亡くなり、いつ東京に戻されるかわからないと懸念したのだろう。一時期、時間のかかる案件は躊躇する傾向が強くなった。

しかし自分との結婚が決まり、北部支社にずっといられると決まってからは、どの案件にも積極的に取り組み、伸び伸びと業務に当たっている。

『水を得た魚のようだ』と言ったのは蜂須賀だったか。

消極的にでも隆之と結婚し、希望通り北部支社に残った由梨が安心して好きなことができるように見守るのは、隆之の使命だ。いや、何も知らない彼女を、裏で工作して結婚へと追い込んだ自分にできる唯一の贖罪《しょくざい》かもしれない。

仕事終わりに同僚と飲みに行き、少々の愚痴を言い合う。今井家という鳥籠の中にいてはできなかった他愛もないことを、存分にさせてやりたいと思う。

そんな日々を楽しむ彼女に、自分の劣情は邪魔になるだけ——そう思い、隆之は自分を戒めてきた。

さすがに夜、同じベッドで眠るのはつらかった。だが、必ず彼女が寝たあとに部屋へ行き、起きる前に出るようにして、そのような雰囲気にならないよう努めた。

そうしていても、あどけない顔で眠る彼女に手が伸びかけたことは、一度や二度ではない。忍耐の日々だ。

当たり前だが、由梨はそんな隆之の苦悩を知らない。無垢な彼女には想像もつかないに違いない。知られてしまえば、彼女の眼差しの奥にある、自分に対する尊敬と感謝の念はたちまち崩れてしまうだろう。何より、彼女を混乱させてしまう。

こうして、隆之は強靭な理性でもって自分の欲望を抑え込んでいた。

彼女と接する時は想いを慎重に隠しつつも、彼女自身が自分を〝上司〟としてではなく〝男〟として見られるように、ゆっくり、ゆっくりと関係を縮めてきたのだ。

一方で、由梨は目覚ましい変化を遂げているように思う。

大広間で、今井家の影の支配者である今井芳子に意見する彼女の姿は、凛としていて、まるで雪の中でも鮮やかに咲く寒椿を思わせた。

隆之は、由梨が誰かに向かって声を荒らげる姿を初めて見た。

おそらく滅多にないのであろうそれが、会社のためであったというところが彼女らしい。

自身を励ますように、わずかに震える声を高い天井に響かせて、絶対的な権力者である芳子に意見する。その姿に、隆之はこれまで味わったことのないほどの感動を覚え、雷に打たれたように動けなかった。

あの瞬間、隆之は自分が惹かれているものの正体を知った。

女とは飽きるほど付き合ってきた自分が、なぜ東京から来たまだあどけない少女のような由梨を妻にしたいと強く願ったのか。その理由が、ようやくわかった。

自分は間違いなく、この強さに惹かれたのだ。

業界では、知らない者はいないほど有名な、今井家の影の部分。その一番真ん中で育ったはずなのに、それに染まらずに美しいままの由梨。見ず知らずの土地、環境も習慣も異なる土地で、自分の居場所を築き上げてきたしなやかさ。

そして今、結婚を機に蛹《さなぎ》が蝶《ちょう》になり、自由な世界へ羽ばたくかのように大きく成長しようとしている。

隆之には、はかなげに見える由梨が隠し持つその強さが奇跡のように愛おしいのだ。自分ができることは多くはないかもしれない。それでも大切に、大切にその成長を見ていこう。改めて、そう決意した。

それなのに。

さっきの由梨はなんだ。

花がほころぶような微笑み、甘い吐息。慣れていないとは思ったが、全くの無垢であったとは！

（危なかった……）

彼女の初めてをもらうには全くふさわしくない場所にも関わらず、手が出る寸前だった。ましてやゲストルームなどへ案内されては、もうそこで自分の我慢が爆発して、有無を言わさず押し倒してしまうのは目に見えていた。

隆之はさっき由梨と上った階段を、ゆっくりと下りていく。上がってしまった自分のボルテージも下げなくてはと思いながら。

確か、ゲストルームは一階のはずだ。

その時――。

「あら、加賀さん！」

弾むような声で話しかけられて、隆之は振り返る。そこには、背の高い派手な髪色の女性が立っていた。

「ゲストルームへ行かれるのですか？　由梨は？」

親しげな様子から、先ほど食堂にいた今井家の中の誰かだと当たりをつけるが、名前は浮かばなかった。

結婚式に出席した親戚の名前と顔は一致してるはずだから、彼女とは初対面だ。

「由梨は疲れていたようなので、部屋に残してきました。……失礼ですが？」

「今井祥子です。由梨の従姉妹に当たります。実は、加賀さんとは初対面ではありませんのよ」

祥子の意味ありげな流し目に、隆之は（おっと）と心の中で呟いて警戒した。東京へ来ると、こういうことがよくある。

隆之は、大学時代から副社長に就任するまでの期間を、東京で過ごした。その間は、言われるままに女性と付き合った。

我ながら乱れた生活をしていたという自覚はあるが、後悔はしていない。特定の相手がいたほうが都合がよかったからだ。

大学でも、そのあとにいた商社でも、とにかく隆之はよく女性から声をかけられた。フリーでいると誘いはひっきりなしだったし、断る理由にも気を遣う。彼女がいれば断る理由ができるので、都合がよかったのだ。

そんな東京時代に関わった女性は、元彼女ならともかく、そうでなければいちいち覚えていないのが本当のところだ。思い出せないで申し訳ないとも思うが、そもそも何年も前にひと言ふた言会話した程度の者も多く、正直なところ、皆よく覚えているなと感心するくらいである。

こういう時は、にこやかにして少し戸惑ったように首を傾げれば、相手は勝手にどの程度の接触だったかを語りだすのを、隆之は経験上、知っている。

案の定、祥子は身体をくねらせて話しだした。

「私、マリアの親友です！　聖山《せいざん》女子大の。何回かお話ししたことがあります！」

確かにマリアは覚えていた。そういえば、マリアの隣にいつもいた、少し派手な女と印象が似ている。きっと彼女だろうと隆之は当たりをつけて微笑む。

「あぁ、そういえば、時々隣にお友達がいたような……。あなたでしたか。世間は狭いですね」

「そうです！　それが私です！」

祥子は頬を染めて、隆之ににじり寄る。隆之は思わず後ずさりしそうになるのを、なんとかこらえた。香水が強く匂う。

「そうですか、すぐに気がつかなくて申し訳ありませんでした。ところで、ゲストルームはどちらでしょう」

隆之は、さっさとこの場を立ち去る算段をする。丁寧に接する必要がある人物だが、あまり長く話していたいタイプでもない。

「あらぁ。由梨ったら、きちんとご案内しなかったのですか。本当に、ぼんやりなんだから」

祥子はもともとキツく見える目元を、もっと険しくして言った。

「私が断ったのですよ、叱らないでやってください。確かゲストルームは一階ですね。失礼します」

隆之はきっぱりと言って、再び階段を下り始める。

祥子の口ぶりの中に、親しい者同士で言い合う軽口などではない、不快なものを感じた。由梨が東京へ帰りたくないと言った原因の一端を見た気がして、説明のつかない感情が腹の底から湧き上がる。

「お待ちくださいませ。私がご案内しますわ」

そう言って、祥子が隆之のあとを追ってきた。

心の中でため息をつきながらも、隆之は彼女の言う通りにする。兎にも角にもゲストルームに着かなくては、彼女から逃れられそうにはない。

「由梨は小さな頃に母親を亡くしましたから、私の母が母親代わりでして。私たち、姉妹のように育ちましたのよ」

鈍感なのか気づかないフリなのか、祥子は隆之の内心をよそにゲストルームへの道々、ペラペラと話し始める。

「だから姉として、大変心配しておりますの。あの子は加賀さんの奥様として、きちんとその役目を果たせているのかしらって」

「……由梨は、よくやってくれていますよ」

隆之は感情のない声で答える。

「あの子って、なんていうか少し地味で。今井の娘らしくないでしょう。実は、さっきの食卓でも話題になったのです。その……縁組を間違えたんじゃないかって」

隆之は立ち止まって祥子を見た。

「縁組を間違えた？」

何が嬉しいのか祥子は頬を染めて微笑みながら、あるドアの前で立ち止まる。ここがゲストルームなのだろう。

「ええ、そうです」

北部支社の話が出る前は、そんなバカな話をしていたのかと隆之は内心で笑う。

「加賀さんは会社にとって大切な方なのに、今井家の中でも一番地味な由梨を嫁がせてしまったという話になって……。その、親族の中には、私のほうがよかったんじゃないかって言う者もいて……」

身体をくねらせて喋る目の前の女を、吐き気がするような思いで隆之は見る。由梨とは似ても似つかないその口で、〝姉〟などと口にしてほしくもない。ましてや、自分が由梨よりも隆之の妻にふさわしいなどとは。

隆之はバカらしくて、笑いだしそうになるのをなんとかこらえた。

「……何か行き違いがあるようですが」

隆之はドアのノブに手を置いた。

「私が由梨を望んだのですよ。彼女がうちの会社にいる五年の間に、私が由梨に恋をしてしまったのです」

隆之はそこで言葉を切って、祥子を睨んだ。

「由梨は、あなた方にとって価値の低い娘でも、私にとっては何者にも代えがたい宝です。食堂で北部支社を侮辱されたことには目をつぶれても、由梨自身を侮辱するのは許しません。……二度はないですよ」

隆之がドアを開けると、ふわりとゲストルームからラベンダーの香りが漂った。

祥子は隆之の言った言葉の意味が理解できていないのか、はたまたこのような対応をされたことが理解の範疇《はんちゅう》を超えたのか、驚いたように隆之を見ている。

女性に対して、こんなに憎悪を感じたのは初めてだった。

「皆様にもお伝えください。次に妻を侮辱された時は、私にも考えがあると。ご案内ありがとうございました。おやすみなさい」

そして、何か言おうとする祥子を無視してドアを閉めた。

隆之は薄暗い部屋の中で、じっと空《くう》を睨む。

このような場所に、少しも由梨を置いておきたくはない。早く自分の屋敷へ連れて帰りたい。

そう強く思った。

今井幸男の通夜、告別式は滞りなく行われた。

由梨は、空虚な思いを抱えてその時間を過ごした。人がひとりいなくなるとは、なんと虚しいことか。それが、自分にとって大きな存在であったならなおさらだ。

祖父は、由梨の中の大部分をかたち作る源になっていたのだ。

由梨は今、それを思い知る。

数日前に自由になったと感じたあの気持ちは、どこかへ消えてしまったかのようだった。

考えてみれば隆之との結婚で自由を得たと思った時ですら、由梨はまだ祖父に囚われていた。東京には祖父がいて、その祖父から逃れること自体を目的として、もがき苦しんだ日々だったように思う。

よくも悪くも、由梨の行動原理を支配していた祖父。

その祖父がいなくなった。

火葬場で祖父のお骨を前に、由梨は立ち尽くす。なんだか自分が電池を抜き取られたロボットのように思えた。

「由梨」

涙も出ない由梨を、温かい声が呼ぶ。

それなのに、首を回して振り向くことすらできない。

だって電池が入ってないのだから。

「由梨」

もう一度呼ばれて、同時に右手が温かい大きな手で包まれる。

（隆之さん）

触れたそこから、少しずつ少しずつ、じわりじわりと血が通いだす。

やがてその温もりが心臓に達して、由梨は自分がロボットではなく人間になったように感じた。

（そうだ、自分の頭で考えて、生きていこう。隆之さんとともに）

振り向くと、アーモンド色の瞳が由梨を見つめている。

今、この瞬間から由梨の人生が始まる、そう感じた。

告別式が終わると、隆之は人と会う予定があるからと、夕方に外出した。

もともと彼は北部支社と東京を行ったり来たりの生活だから、祖父の告別式のために都内にいるとはいえ、ほかにやるべき仕事はいくらでもあるのだろう。

それは幸仁伯父も充分承知らしく、あっさりと許可が出る。そして今日はそのまま都内のホテルに泊まるようだ。

もうひと晩、隆之が今井家に滞在すると思っていた祥子と朱里は地団駄を踏んで残念がったが、どちらかというと由梨は安堵していた。一昨夜のような醜態を晒してしまった今井家の親戚たちと隆之が一緒にいるところを、これ以上見たくはないからだ。

彼は明日の朝一の飛行機で先に戻る。

告別式のあとは特に予定もなく、由梨は自分の部屋へ直行して閉じこもった。親戚の行事があって今井家にいる時は、いつもそのようにして過ごしている。広いリビングに行けば、誰かがいて、好意的ではない言葉をかけられるとわかっているからだ。

大抵は、嫌味を言われるか、叱責されるか。それならば、存在自体を忘れられるほうがよいと、部屋で息を潜めてやり過ごす。それなのに、時に従兄弟の誰かが部屋に来て、わざと由梨を引っ張り出そうとすることもあった。

どうか、今日は誰も来ませんようにと由梨が心の中で唱えた時、携帯が鳴った。

隆之だった。

「はい」

『由梨？　今は家か？』

電話からでも伝わる隆之の温かい声音に、由梨は心の底から安堵する。そして、いつの間にか自分の中で、彼がなくてはならない存在となっているのだと実感した。

今井家に居場所がないことも、従兄弟たちに嫌味を言われることも、今までは当たり前で慣れっこだったはずなのに、今こんなにもつらいのは、結婚してから今日までの日々が幸福だったからにほかならない。

隆之が由梨をひとりの女性としてその存在を認めてくれたから、今まで凍りついていた心が動きだしたのだ。

『由梨？　大丈夫？』

涙が出そうになり黙り込んだ由梨に、隆之が心配そうに尋ねる。

そして思いがけない話をした。

『ひとりにしてすまない。こちらの予定が意外と早く終わったんだ。今から出てこれる？』

聞くと初めからそのつもりだったらしく、ホテルもふたりで予約してあるから、泊まる準備をしておいでと言われた。だが、由梨はどうすればいいかわからなくなってしまう。

外泊してもいいのだろうか、誰に許可を取れば……などと思案する由梨の思考を先回りしたように隆之が言う。

『今井会長の許可は取ってあるよ、大丈夫』

考えてみればもう夫婦なのだから、わざわざ許可を取る必要すらないだろう。それでも、おそらくは由梨のために、隆之は伯父に話を通してくれたのだ。

由梨は携帯を握りしめる。無機質なそれすら温かく感じた。

「行きます！　隆之さんに会いたいです！」

受話器の向こうで隆之が微笑む気配がした。

『三十分後に裏門で。タクシーで行くよ』


ホテルに着いた頃には、もう日はとっぷりと暮れていた。

スカイツリーの夜景が望めるその部屋に着いた途端、由梨はなんだかたまらなくなって、荷物を置いたばかりのスーツの背中に抱きついた。

甘くて少し野生的なその香りを胸いっぱいに吸い込むと、今井家の自室で冷えて怯えた心が温かいもので満たされていく。

隆之は、シャツを握りしめる由梨の手に、自らの手を重ねた。

「ひとりにしてごめん」

隆之には由梨の胸の内くらいお見通しなのかもしれない。それから、由梨が今井家でどういう扱いなのかも……。

由梨は彼の背中に顔を埋めたまま、首を振った。

「来てくれてありがとうございます。いきなり……いきなり抱きついたりしてすみません。すごく、すごく会いたくて……」

たった数時間離れていただけなのに、もう何年も会っていなかったかのように彼を懐かしく感じて、由梨は回した腕に力を入れた。

「俺もだ。残してきた由梨が心配で、仕事に集中できなかったよ。こんなことは初めてだ。こんな時まで予定を入れた長坂を恨んだよ」

隆之の言葉に、由梨はふふふと笑ってしまう。何事も、効率的かどうかを重要視する長坂らしいと思う。

隆之の背中に頬をぴたりとつけたまま、くすくすと笑っていると、突然隆之が振り返った。

そしてそのまま唇を奪われる。

「ん」

一昨日は戸惑いばかりだったその行為を、由梨は歓喜でもって受け入れる。熱い熱い彼の熱で、身体の中から温めてほしい。

冷えた心はすぐには完全に溶けないかもしれない。それでも、こうやって何度も何度も触れ合えば、いつか胸の塊はすべてなくなる、そう信じられる。

由梨は大きな背中に回した手で彼のシャツを握りしめる。次第に激しくなる口づけに、立っていられなくなりそうだった。

一瞬だって離れたくはない。由梨の全身がそう言っている。

隆之はそんな由梨を危なげなく腕に抱き、そのままベッドへ連れていく。そしてそっと横たえた。

由梨が苦しげに息を吐くのを感じた隆之が、一旦口づけを解く。

その濡れた唇が離れていくのを視線で辿り、由梨は心の底から寂しいと思った。

「由梨……？　大丈夫？」

声をかけられて見上げた先には、大好きなアーモンド色の瞳、今、その瞳に映るのが自分だけなのだと思うと、身体の中心に火がつくほどの喜びを感じた。

由梨の両脇についた、隆之の大きな腕に囲まれたこの空間は、自分だけの温かい温かい場所だ。

由梨はゆっくりと手を伸ばす。

そして、静かな眼差しで見下ろす彼の頬に触れた。

「大丈夫じゃないです。もっと……、もっとください」

熱に浮かされたように懇願すると、今度は噛みつくようなキスが始まった。

「んんっ……！」

呼吸すらもさせないと言わんばかりの激しさに、由梨の背中がおののいてしなる。

けれど、隆之は一切攻撃の手を緩めなかった。

躊躇なく由梨に入り込むと、縦横無尽に暴れ回る。由梨は息も絶え絶えになりながら、それに夢中で吸いついた。

彼から与えられるこの感覚だけが、由梨の中の生きた感情を呼び覚ましてくれる、ただひとつの鍵なのだ。

まだ足りない、まだ足りないと、水を失った魚のように由梨はそれを求める。

いつの間にか、隆之の大きな手が由梨の身体を這い回りだした。

ぼんやりと霞む視界が隆之で満たされていく。

もう、何もかもがどうでもいい。あの狼の瞳で私を魅了して、すべてを奪い去ってほしい。そして由梨の冷え切った心を溶かして、何もかもわからなくして……。たとえそれがあなたにとっては愛でなくても、どうせもう、私はあなたから逃れられないのだから。

「由梨……！」

真っ赤に染まる由梨の耳に唇を寄せて、荒い熱い息とともに隆之が由梨の名を呼ぶ。

その刹那、由梨の瞳から大粒の涙が溢れ出した。

「由梨？」

眦《まなじり》から溢れる滴を指ですくって、驚いたように隆之の手が止まった。

「由梨……？　ごめん、怖かった？」

由梨はぶんぶんと首を振る。濡れた頬に乱れた髪が張りついた。

なんて言えばいいのだろう。

今までの由梨の人生で、こんな風に由梨の名を呼んでくれる人はいなかった。慈しむような、まるで求めるかのような……。

今井家で由梨が名前を呼ばれるのは、大抵、小言を言われる時で、いつもびくりと怯えたものだ。そのせいか、由梨はどうしても自分の名前を好きにはなれなかった。

それが、彼が口にするだけで、何か大切なもののように感じるから不思議だった。

「た、隆之さんが……」

嗚咽《おえつ》を殺して由梨は言葉を紡ぐ。

自分の中にあるこの気持ちを、なんと表現してよいかがわからない。それでも、ほんのわずかでも伝えたかった。

隆之は静かな眼差しで「うん」と言って、由梨の頬を拭った。

「じ、自分の名前、あ、あんまり好きじゃなくて。呼ばれる時は、叱られる時だったから。で、でも隆之さんに呼んでもらえたら、私……す、好きになれそうです……」

隆之が、その端正な顔を痛ましそうに歪めた。

そして強い力で由梨を抱きしめた。

「由梨……！」

低くて甘い隆之の声が、もう一度由梨を呼ぶ。

大切な、大切なもののように。

「何度でも、呼んでやるから」

その逞しい肩にしがみつき、由梨はとうとう声をあげて泣きだしてしまう。

父がいなくなった時も、祖父の告別式の時も、こんなに取り乱したりはしなかった。

それなのに今、名前を呼ばれただけで、こんなにも切ない気持ちになるなんて。

氷が溶けて溢れるように、涙はあとからあとから流れた。隆之はそんな由梨を大きな腕で包み、震える背中を撫で続ける。そして、あの優しい声で何度も由梨の名を呼んだ。

やがて由梨が落ち着きを取り戻すと、つらそうに口を開いた。

「俺は、明日帰らなくてはいけない」

散々泣いて、少しぼんやりとした由梨は、緩慢な動きで彼を見上げる。

「本当はこのまま連れて帰りたい。……君が心配だ」

責任ある立場に身を置く隆之は、身内の不幸だとはいえ、そう長く会社を空けられない。そして由梨にもまだ東京で予定があった。

本当ならば、由梨だって隆之と一緒に帰りたい。あの大好きな街へ帰りたい。

でも今、隆之の腕の中で思い切り感情を爆発させて、少し冷静になれた。それに隆之に名前を呼んでもらった分、強くなれたような気がする。

「大丈夫です。やることはもうそんなにはありませんから、明日の挨拶回りが終わったら、私も帰ります。いっぱい泣いちゃって、すみません。でも、隆之さんがいてくれてよかったです」

隆之の大きな両手が、由梨の頬を包む。そして、至近距離からその綺麗な色の瞳でじっと見つめる。

「由梨、待っているよ。君の帰る場所は、加賀の家だ」

由梨の目に、また熱いものがじわりと滲《にじ》む。

『お互いにメリットがあるから結婚しよう』と彼は言ったけれど、比べてみれば、由梨のほうがずいぶんと、たくさんのものをもらっているような気がする。

帰りたい場所がある——それだけで、何もかも大丈夫。そう思える。

「はい、嬉しいです」

微笑んだ由梨の赤い鼻に、隆之がチョンとキスをする。

赤い耳、濡れた頬、それから瞳にも。

その感覚がくすぐったくて、でも心地よくて、由梨はくすくすと笑いだす。

それにつられたように隆之も微笑み、仕上げとばかりに、もう一度唇が奪われた。

今井和也

隆之が帰った日の夜遅く、東京での日程をすべて終えた由梨は部屋でひとり、荷造りをしていた。

隆之が待つ加賀家が、自分の帰るところだ。

早く帰りたかった。新幹線のチケットは押さえた。幸仁伯父の許可も得た。

隆之に、明日帰るとメールを入れた時、コンコンとドアをノックする音が聞こえて

由梨は顔を上げた。

こんな夜遅くに誰だろう。

伯母たちならこちらの返事を待たずにドアを開けるだろうし、伯父たちはわざわざ由梨を訪ねるほどの用はないはずだ。

「……はい？」

訝しみながらドアを開けると、従兄弟の今井和也がコーヒーの盆を持って、立っていた。

「由梨」

「和也兄さん。……戻ってこられたの？」

本社で専務をしている和也は、今井コンツェルンの正式な跡取りだが、ドイツへの長期出張中であるため葬儀には出席できないと聞いていた。

「祖父さんに、最期のお別れくらい言いたいじゃないか。式には間に合わなかったけどね。それに由梨にも会いたかった。もう、明日には帰ってしまうと聞いて、急いで会いに来たんだ。少し話をしたい。でも、リビングじゃないほうがいいと思って」

「ありがとう、兄さん」

由梨は微笑んだ。

「入れてくれる？　お土産のクッキーを持ってきた」

尋ねられて、一瞬、由梨は躊躇する。

従兄弟とはいえ、夜遅くに男性を部屋へ入れることに、少しの抵抗を感じた。しかし、このまま廊下で一緒にいるところを芳子に見られたりしたら、それこそただでは済まないと無理やり自分を納得させる。

黙って頷くと、和也を招き入れた。ひとつしかないデスクの椅子を和也に譲り、由梨はベッドに腰掛ける。

「兄さんが帰ってくるなんて、誰も言ってなかったわ。急に決まったの？」

差し出されたコーヒーをひと口飲んで、由梨は尋ねる。

「ああ、急きょね」

そう言って和也はじっと由梨を見た。その暗い色の瞳を、なぜか由梨は少し怖いと思った。今井家ではいい扱いをされない由梨に、和也はいつも親切にしてくれたというのに。

「こちらにはしばらくいられるの？」

「三週間くらいはね」

当たり障りのない会話をしながら、由梨はコーヒーをすべて飲み干す。

「ごちそうさま」

カップを机に戻そうと立ち上がった時、同じように立ち上がった和也にがっしりと肩をつかまれた。

「由梨、結婚のこと、すまなかった」

由梨は、「え」と呟いて和也を見上げる。

「僕が出張に行っている間に……謀られた。あんな男と無理やり結婚させられて！ごめん！　由梨」

由梨は突然の和也の謝罪にわけがわからず、戸惑いながらもゆっくりと首を振った。

「兄さん、そんな……。無理やりではなかったわ。それに……」

「由梨！　あの男は君を利用したんだ。北部支社の社長になるために！」

わかっていた事実でも、誰かにはっきりと口に出されると少しつらい。それでも由梨は首を振った。

「兄さん、その話はもういいの。私、わかっていたから。隆之さんはよくしてくれているし――」

「よくない！」

和也は声を荒らげる。そして、真っ赤な顔で由梨を見た。

その気迫に由梨はたじろぐ。こんなに取り乱す和也を見るのは初めてだった。

「僕が！　僕が由梨と結婚したかったんだ！　ずっと、ずっと前からそう言っていたのに、父さんも母さんもダメだの一点張りだった。由梨が邪魔だったんだよ！　父さんは！　だからあいつが！」

和也は血走った目で空を睨む。

「加賀隆之が北部の社長になりたがった時に、由梨との結婚を条件につけたんだ！由梨と結婚して、僕から遠ざけるなら社長にしてもいいって。そうに違いないよ！くそっ！　僕がドイツに行っている間に……」

由梨は目を見張る。

由梨が結婚を承諾したあと、なぜあんなに隆之が結婚式を急いだかがわかった。すべてを和也がいない間に済ませなければならなかったからだ。いや、もしかしたら、由梨が返事をするより早く、式の準備は進んでいたのかもしれない。

由梨は、心の中心から冷たいものが広がっていくような奇妙な感覚を味わいながら、和也を見る。

「それを知った時、僕がどんな気持ちだったかわかるかい？　僕は、僕はずっと由梨を愛しているのに！」

心の叫びを吐くような和也の愛の告白を、由梨は冷えた心のまま聞いた。

そうだ、彼はいつも由梨には親切にしてくれた。その瞳の中に、特別な感情を見たこともある。

でもその時も、由梨の心は動かなかった。

彼は伯父や伯母、従兄弟たちに嘲笑され、叱責される由梨を、いつもそばにいながら黙って見ているだけだったから。一度もかばってはくれなかったから。

結婚の話を由梨の気持ちも確かめずに、両親にしてしまうところも彼らしい。由梨が拒否をするとは微塵も思わないのだろうか。

……それとも由梨にはそんな権利はないということか。

由梨は和也の視線から逃げるように瞼《まぶた》を閉じた。

(隆之さんは選ばせてくれた)

社長になるためだったかもしれない。

それでも、隆之は由梨に誠実に接してくれた。

結婚するかどうかは、由梨が決めていいと言ってくれた。自分に必要だと思うことは、自分で決めていいと言ってくれた。

初めての女子会の夜、夜道を心配して迎えに来てくれた。予定より早く、ここまで駆けつけてくれた。

温かいあの声で『由梨』と何度も呼んでくれた。

いろいろな思いが頭の中をぐるぐると回りだす。

冷えた心がまた動きだした。

「和也兄さん、私、兄さんがそんな風に思ってくれているなんて、知らなかった……気がつかなくて、ごめんなさい」

そう言って、由梨は自分の肩をつかむ和也の手をさりげなく解く。そして、そのまま両手で自分自身を抱きしめた。

「本当に、ごめんなさい」

「いいんだ、由梨。由梨は悪くない。全部あいつと親父が仕組んだんだ。大丈夫、すぐに助けてやる。こんな結婚はすぐに白紙にしてやるからな！」

由梨はゆっくりと首を振った。

「兄さん、私、この結婚に満足してるのよ。そんなことしないで」

和也は信じられないと言うように、眉を寄せた。

「本当よ。どんなきっかけだって、もう夫婦になったんだもの。私、幸せになれるように精一杯努力する。兄さんはいつも私の心配をしてくれて、ありがたいとは思っているわ。……でも、ごめんなさい、結婚とかそんな風には思えない」

由梨はひと言ひと言に力を込めた。

『由梨』と呼んでくれた隆之の声が脳裏に浮かんだ。

和也が顔を歪めた。なぜだろう、彼の容姿は父親である幸仁に似ているのに、こういう表情をする時は、芳子を思い出させる。

「ダメだ、由梨。君は騙されている。君は、君は真っ白だから、あの男に染められてしまった」

和也の言う通りだ。

北部支社へ行く前は、いつも何をしていても目的がわからず、どこに進んでいいかわからない日々だった。北部支社で隆之や長坂たちとともに働くうちに、少しずつ生きる意味や充実感を得られるようになってきたのだ。

男性として意識したのは最近かもしれない。でもそれ以前からもずっと、隆之に見守られ、成長してきた。

そんな錯覚さえしてしまう。

もはや誰にも、由梨から隆之を取り去ることはできない。なぜなら隆之は由梨の心の隅々にまで染み渡って、住み着いてしまっているから。

「和也兄さん、私、隆之さんが好きなの、愛しているの。……ごめんなさい」

「由梨、あの男は悪魔のようなヤツだ。あぁ、君が北部に行くと言いだした時に心配したことが現実になってしまった。あんなヤツのところへ行ったら、由梨はすぐに餌食になってしまうと僕はわかっていたのに！」

由梨は首を振って、和也から視線を外す。

取り乱す和也を見るのがつらかった。幼い頃は、優しい彼を兄と慕った。伯母からかばってくれない弱いところはあったが、こっそりと遊んでくれた思い出は数えきれない。

由梨の中で、優しい兄のまま留まってほしいと願うのは、酷だろうか。

「由梨、君が加賀隆之に染まってしまったのはわかったよ。でも、それならなおさら、君はヤツとの結婚では幸せにはなれない」

和也が再び由梨との距離を詰める。

それを由梨は本能的に不快に感じた。

「加賀ホールディングスが、北部支社の株を秘密裏に買い足している。ここ最近、君とヤツが結婚してからだ」

加賀家は、北部エリアで地元に根差した関連企業をいくつも抱えている。加賀ホールディングスとは、それらをまとめる持ち株会社だ。確か、現在の代表取締役は隆之の父親。北部支社の筆頭株主は今井コンツェルンだが、現在二番手である加賀ホールディングスが、株を買い足しているのが本当だとすると……。

「そう遠くない未来に、加賀隆之は、北部の筆頭株主となった加賀ホールディングスを継ぐだろう。そうすれば、君などいなくとも北部の社長として居座れるわけだ。その時、君はお払い箱だ」

「兄さん、隆之さんはそんな人では……」

言い返す由梨を和也が鼻で笑う。

「よくしてくれるだと？　そう見せているだけに決まってるじゃないか。あれほど派手な女とばかり付き合っていた男が、君で満足できるはずがない」

ひどい言葉を吐いて、和也の唇が醜く歪む。そして、哀れむように由梨を見た。

「あんな百戦錬磨の男からしたら、君なんて赤子の手をひねるようなもんだ。必要な時だけ甘い顔を見せて、利用価値がなくなったら捨てられる！　由梨……」

和也が由梨ににじり寄る。反射的に由梨は後ずさりをした。開いたままのスーツケースに足が当たって、転びそうになるのを和也が受け止める。

「由梨、僕のものになれ」

至近距離で囁かれて、背中をぞくっと嫌な感覚が走る。

「僕は今井の後継者だ……僕は君を捨てたりはしない」

同じようなことを隆之にも言われた。俺の妻になれ、と。

けれど、あの時のような心の震えは微塵も感じない。ただ、そこはかとない嫌悪感だけが、じわりじわりと心の奥底から滲み出てくるのを感じた。

由梨にはわかった。

和也は由梨自身を欲しいのではない。祖父という司令塔を失った抜け殻のロボットが欲しいのだ。和也の中にあるふたりの幸せな未来の中に、由梨の人格はいらない。

『由梨の言葉で北部支社をかばってくれたのが嬉しかった』

隆之の言葉が聞こえた気がした。

隆之に命を吹き込まれた由梨は、もうロボットには戻れない。由梨を捉えようとして身体にまとわりつく和也の腕から逃れようと、由梨は身をよじる。なぜか思うように力が入らなかった。床がぐにゃりと歪んで、自力で立っていられない。

「兄さん、離してください！　私は、兄さんのものにはなりません」

せめて声だけでもと自分を励まし、由梨は叫ぶ。

「私……私、隆之さんのところへ帰ります！」

「ダメだ！」

由梨を覗き込む和也の瞳の奥に、青い炎があった。

今まで人形のように従順だった由梨に初めて反抗された驚きと、怒りが入り混じった色だ。

「ダメだ！　君をヤツのところへなんかやらない！　君は僕のものだ！　……そう、初めから僕のものなんだ」

ぞくりと由梨の背中を悪寒が走る。

寒くもないのに身体が震えだして、突如《とつじょ》気持ちの悪い眠気に襲われた。

「君は悪くないんだよ、由梨。全部あの男が悪いんだから。ただ、君には少し頭を冷やす時間が必要だ……僕と一緒に行こう」

意味不明の和也の言葉が、この現象の原因だと由梨の本能が警告する。しかし、もはや手立てはないようにも思えた。ろれつが回らず、うまく言葉を紡げないまま、由梨の視界は歪んでいく。

「兄さん……な、に……」

ベッドの上に置かれたままの由梨の携帯が、マナーモードでムーンムーンと震えだした。

きっと隆之だ。

明日帰ると送ったメールの返事が返ってきたのだ。

出なくては。

けれど携帯に手を伸ばすことすらできないままに、由梨の視界は真っ黒な闇に閉ざされた。

消えた由梨

【伯父の許可が下りましたので、明日帰ります】

今井コンツェルン北部支社社長室で、隆之は携帯の画面を見つめ、眉を寄せていた。

昨夜由梨からメールが入ったあと、隆之は折り返し電話を入れた。電車の時間がわかれば、駅まで迎えに行こうと思ったのである。今日は一日中スケジュールが埋まっていたが、夕方であれば少しくらいなら時間は取れる。またすぐに仕事へ向かうことにはなるが、ひと目だけでも会いたい。

今までの自分ならありえないが、そうせずにはいられない。

別れたのは昨日の朝だというのに、もう恋しいなんて、どうかしていると自分でも思う。

しかし、由梨は電話に出なかった。

こちらからのメッセージにも既読がつかない。

夜遅くだったたから眠ってしまったのだろうと思いながらも、隆之はなぜか気持ちの悪い胸騒ぎを覚えた。

隆之にはこういうことが時々ある。本能的に〝よくないこと〟を嗅ぎ分けるのだ。順調に進んでいるように思える取引でも、この胸騒ぎが出ると必ずトラブルに見舞われた。父親は『お前は獣か何かか』と笑うが、理屈ではないのだから仕方がない。果たして、朝になっても由梨は電話に出なかった。隆之から送ったメールはまだ既読にならない。

成人した大人の女性と、半日連絡がつかないからといって、それがなんだ、心配のしすぎだ。そう無理やり自分を納得させようとしても、うまくいかなかった。イライラと机を人差し指で叩いていると、社長室のドアがノックされた。

「社長、よろしいですか」

「ああ、どうぞ」

隆之が答えると長坂が入ってきた。

「社長、二点確認がございます」

隆之は、人差し指で机を叩くのをやめて、長坂を見た。

「来週の本社での定例会議ですが、出席でよろしいですか」

三ヵ月に一度の割合で、東京本社で行われる今井コンツェルンの本社の取締役、支社の代表取締役が一堂に会する会議である。今まで何回かは社長代理として出席したが、社長となってからは初めての会だ。

東京まで行くのは正直言って面倒だが、出ないわけにはいかない。

「あぁ、出席で」

「ではいつも通り、ホテルの手配を？」

飛行機を使えば日帰りできなくもないが、会議のあと食事に誘われることもあるので、大抵は泊まりだ。

隆之は、それでいいと言いかけてふと口をつぐむ。

由梨の顔が浮かんだ。

「……いや、今回は日帰りにする。飛行機のチケットを頼む」

長坂が口元だけで笑う。

頭の中を読まれたような気がして、隆之は憮然として彼女から視線をそらした。

「了解しました。社長、その由梨さんですが」

何が〝その〟だ、俺は何も言ってないぞ、と心の中で隆之は悪態をついて長坂を睨む。が、次に彼女が発した言葉に息を呑んだ。

「今朝から連絡が取れないのですが、社長のほうには？」

「いや、……どうかしたのか？」

まずは、忌引中の彼女に会社から連絡をした理由を聞く。

「昨日、由梨さんからメールで、休暇を縮めて明日から出社したいと連絡があったのです。そのことで社用の携帯に連絡を入れているのですがお出になりません。プライベートの携帯にもかけてみましたが、こちらも出られないので。社長のほうには？」

「いや、特に連絡はない」

答えながら隆之の背中を冷たいものが伝い落ちる。胸騒ぎがいっそうひどくなった。

由梨はあまり携帯をマメにチェックするほうではない。それはわかっているが、誰からの連絡にも折り返さないというのは、おかしくはないか？

それに、社用の携帯はプライベートのものよりも意識してチェックしているはずだ。

告別式では、プライベートのほうは電源を切っていたのに、社用のほうはマナーモードにして持ち込んでいた。

「……今日、こちらへ帰ってくる予定だから、電車の中にいて出られないのかもしれない」

どこか上の空で隆之が答えると、長坂はそれで納得したようだ。

「そうですか。ではご自宅に戻られたら、こちらは特に急ぎの案件もありませんので、予定通り今週いっぱいは休んでくださいとお伝えください。入社以来、ろくに有休も取られてないですから。……もしよろしければ、社長もどうぞ」

長坂のからかいにも耳を貸さず、隆之は頷く。

頭の中は嫌な想像でいっぱいだった。

どこかで事故にでも巻き込まれているのだろうか……いや、特にそういったニュースはないはずだ。

「社長？」

長坂が不思議そうに首を傾げながら、ふと思い出したように言った。

「あ、言い忘れていました。さっきの定例会議ですが、おそらく本社の和也専務もご出席されますので、お気をつけて」

今井コンツェルンには、当たり前だが今井姓の役員が多い。そのため、会長以外は下の名前に役職で呼ぶのが一般的だ。

本社専務の今井和也はここ数年、隆之への当たりが強いので知られていた。ろくに意見など交わさないかたちだけの定例会義で、北部支社はやたらと和也の標的となっていた。和也はイレギュラーな意見を言っては、隆之を煩わせるのだ。

原因が由梨だとわかったのは数ヵ月前。由梨の近くにいる隆之が気に入らなかったのだろう。長坂は、原因はわからないにせよ、そのような和也と隆之のいきさつを知っていて、忠告しているのだ。

鬱陶しいとは思っても、聞かれて困ることなどない。それによって会議が長引くのは不本意だがと、苦々しく思った瞬間、隆之はハッと目を見張った。

「和也専務が？　ドイツから戻られたのか？」

「はい、ネットワーク上ではそのようになっています。前会長の葬儀のために帰国されたのでは？」

支社社長の秘書室は本社とネットワーク上で繋がっていて、すべての役員の大まかなスケジュールが見られる。

長坂はおそらくそれを見たのだ。

すぐに隆之も、自身の目の前のパソコンでアクセスした。

確かに、今井和也は日本にいる。

「バカな。葬儀には間に合わないから、帰国する予定ではなかったはずだ」

隆之は立ち上がった。

突然顔色を変えた隆之を、長坂は怪訝《けげん》な表情で見る。

「そうは言ってもお祖父様ですし……。せめてお焼香でもと思われたのではないですか？　社長？」

今井幸仁との打ち合わせ通り、由梨との結婚は和也に気づかれないように慎重に準備を進めた。

その後、ドイツにいる和也がこの結婚をどう思ったのか……もちろん面白くはないだろうが、隆之にそれを知る機会はなかった。彼が一度もドイツから帰ってこなかったからだ。

このたびの前会長の死去で帰国するとなれば、由梨と顔を合わせる可能性が高いと思い、隆之は予定を早めて東京へ行った。彼がどのような行動に出ても、すぐに対処できるように。

けれど隆之の心配は杞憂に終わり、和也は帰国しないという知らせがあった。だからこそ、由梨をひとりで今井家に残してきたのに！

隆之は拳を握る。

先のものより強い胸騒ぎがした。

急きょ予定を変更し、しかも、それを誰にも伝えずに帰国した彼の意図はなんだ？

「長坂、今井会長に電話を繋いでくれ。……いや、まだ屋敷か。いい、俺がする」

隆之はその場で携帯をタップし、幸仁の携帯にコールする。多忙な人だから、平素は必ず秘書を通すようにしているが、内容は由梨のことだ。問題はないだろう。

突然の隆之の行動に、長坂は一瞬驚いた様子を見せたが、すぐにタブレットを起動させて隆之のスケジュール画面を開いている。わけがわからないなりに、非常事態なのだと察知して、今後のスケジュールをチェックしているのだろう。

何回目かのコールでようやく幸仁が出た。

『加賀君か？　どうした』

番号は知っていても直接電話をかけるのは初めてだ。

幸仁の少し戸惑っているような声が聞こえた。

「お休みのところ、申し訳ありません。由梨はまだそちらにいますか」

やや早口に隆之は要件のみを言う。礼儀正しいとは言いがたいが、仕方がない。これで由梨がまだ屋敷にいれば、万事解決なのだから。

隆之は祈るような気持ちで携帯を持つ手に力を入れる。しかし、電話口から聞こえてきた幸仁の返事は非情なものだった。

『いや、もうそちらへ出発したよ』

「それはいつ頃ですか」

『……ちょっと待って、おい！　芳子！』

末の姪の行動などは興味もないのだろう、幸仁は芳子を呼んで尋ねたようだった。

『ああ、加賀君？　朝早くだそうだ。もうそちらに着いてもおかしくはない』

「実は由梨と連絡が取れないのです。会社のほうの携帯にも出ないようでして……」

隆之の言葉に、電話の向こうで幸仁が少し笑ったような気配がした。『小学生じゃあるまいし、過保護すぎないか』という心の声が、今にも聞こえてきそうだ。

だが、幸仁は隆之をバカにするような言葉は口にせずに、なだめるように言う。

『電車に乗っていて、出られないんじゃないかい』

「そうかもしれません。でもメールも返さないんです。ところで会長、和也氏が帰国されていますね」

隆之は、まくし立てる。焦りを隠すことができない。

今まで何度も修羅場を潜り抜けてきた隆之だが、こんなに胸が潰れるような思いは初めてだった。

携帯を持つ手がじっとりと濡れる。

『あぁ、私も知らなかったんだが、急きょ、昨晩遅くにね』

「和也氏は屋敷におられますか。今日は、会社のほうはお休みのようですが」

この質問で、隆之の懸念《けねん》は幸仁に的確に伝わったようだ。

幸仁はしばしの沈黙のあと、再び芳子を呼んだ。

『おい、芳子、和也は？　え……？　何？』

幸仁の向こうから、芳子の話す声が途切れ途切れに聞こえるが、内容まではつかめない。

隆之の胸が、痛いくらいに鳴った。

電話の様子から、ただ事ではないと悟った長坂が心配そうにこちらを見ている。向こうのやりとりを待つ時間が、永遠にも思えた。

『加賀君、……和也は朝早く由梨を駅に送ると言って屋敷を出たまま、戻ってないそうだ』

幸仁の切羽詰まった声を聞いて、隆之は思わず舌打ちをする。

「なぜ行かせたんです⁉」

とがめる言葉が、口をついて出た。

由梨を遠くへ縁づかせたいと思うほど、和也から遠ざけたがったくせに。

グループトップである幸仁に向かって声を荒らげる隆之に、長坂は目を剥いている。かまうものか、由梨に何かあったら死ぬよりつらい目に合わせてやると、隆之は心の中で物騒な言葉を叫ぶ。

『使用人に言づけていったのだそうだ。相当に朝早くだったらしく、私たちはまだ寝ていて……』

「由梨は⁉　その者は由梨を見たのですか⁉」

『それが……すでに車に乗っていて、眠っているようだったと……』

携帯を投げつけたくなるのを、隆之はなんとかこらえた。

由梨が和也の気持ちに気がついていないとしたら、駅まで送ってもらうくらいはあるかもしれない。だとしても、眠っているようだったというのはなんだ？

それに、誰にも知らせずに急きょ帰国して、人目の少ない時間帯に眠った由梨を連れ出すという和也の行動は、どう考えても不自然だ。

「和也氏に連絡は⁉」

『……それが、さっきから芳子が電話をかけてはいるんだが……繋がらない』

隆之は「くそっ」と言って、右手で机を殴った。

『お、落ち着きなさい、加賀君。きっとそう心配することではない。ふたりともいい大人だ。一日くらい連絡が取れなくても……』

もちろんそうだ。

しかし、それはふたりが自分の足で、別々に出かけていった場合だろう。

「会長、和也氏の由梨への執着に苦慮していたのは、あなただ。眠る由梨を連れ去った彼が何もしないと、言いきれますか？ もし由梨に何かあれば、私はあなたたちを許さない。私と全面対決をする覚悟をしてください」

静かな隆之の怒りに、電話の向こうで幸仁が息を呑む。

慣例をまげてまで社長に欲しいと思うほど、実力があると認めた男の怒りが自分に向いて、恐怖を感じたようだった。

『待て、待て、加賀君！　すぐに探し出してみせる！　手を尽くすから！』

「眠る由梨を連れて、公共交通機関は使えません。車で行ける範囲でしょう。人里離れた場所にある今井家が管理している物件で、和也氏が行きそうな所を、ピックアップしてください。……私は、今すぐそちらへ向かいます」

『わ、わかった！　し、しかし……来るのか？　こちらへ？』

それほどのことかとでも言うような幸仁の口ぶりに、隆之は頭が沸騰しそうなほどの怒りを感じた。

「あなたたちは、由梨をなんだと思ってるんです⁉　由梨は私の大切な妻です。もう一度言います！　もし由梨に何かあれば、加賀グループからの資金はすべて引き上げさせてもらいます！　無能な後継者を置いている会社に未来はない‼」

隆之の怒号に、幸仁はあわあわと何かを言っているが、隆之は取り合わず、逐一報告だけするようにと一方的に言って、電話を切った。

さすがに言いすぎたという自覚はあるが、あれくらい言わないと幸仁が本気で動かないのも確かだ。

由梨のことなど、小指の爪の先くらいにしか興味がないのだから。

「長坂、スケジュールの調整を頼む。飛行機のチケットもだ。……東京へ行く」

長坂は無言で頷いた。


頭にモヤがかかったみたいに、はっきりとしない。

由梨の意識は何度も浮かんでは沈んだ。その間、何度か抱き上げられて和也の声を聞いた。

(やめて、やめて、私は隆之さんのところへ帰るの)

『帰りたいの』と言いたくても声が出ない。唇さえ動かない。

暗い闇と、明るい闇の間を行ったり来たりしているうちに、ようやく意識がはっきりとしている時間が増えて、由梨は目を開けた。身体は相変わらず動かないから、目だけでキョロキョロと辺りを見回す。

知らない部屋のベッドに、ひとりで寝かされていた。部屋は不自然なほど静かで、誰もいない。

（ここは？　えっと、私……）

もちろん、なぜ自分がここにいるのかはわからない。

由梨は回らない頭で必死に記憶を辿る。

（確か私、荷造りをしていて……。和也兄さんが来て……そうだ、私、和也兄さんに……）

その時、ドアがガチャリと開いて、人が入ってきた。薄暗い部屋に隣室の明るい光が差し、由梨は瞳を細める。

そういえば今、何時なのだろう。

記憶は夜遅くで途切れているが、あれからどのくらい経つのだろうか。

ドアが閉まると、再び部屋は薄暗くなった。部屋に入ってきた人物の顔はよく見えないが、それが誰かくらいは予想ができた。

和也は、由梨の枕元の椅子に座ると、ランプをつけて彼女の顔を覗き込んだ。

「目が覚めた？」

そう言って微笑む彼は、青ざめているように見える。

由梨は答えられずに、ただ目だけ彼を見ていた。

「あんな薬を使うのは初めてだからさ。加減がわからなくて、なかなか目を覚まさないんで心配したよ」

そう言って、和也は由梨の頬をゆっくりと撫でる。身体の感覚を奪われているはずなのに、由梨の背中にぞくりと嫌な感覚が走った。

「君が、あまりにも聞きわけがないからだよ。今まで僕に反抗するなんて、一度もなかったのに……。どうしちゃったんだい？」

そう言って和也は眉を寄せる。そして、ふと思いついたように立ち上がると部屋のカーテンを開けた。

日が暮れようとしている鬱蒼とした森があった。

「ここ、覚えているかい？」

和也が振り返って由梨に尋ねる——由梨が声を出せないのを承知で。

初めから、彼は由梨に意見など求めてはいないのかもしれない。これまでもそうだった。

「子供の頃、よく一族で来た湖の別荘だよ。あの頃は楽しかったよね」

別荘自体は覚えていた。

まだ若く血気盛んな頃の祖父が夏に少しだけ取れる休暇に、一族の皆がここへ集まった。

　でも由梨にとっては、和也のように楽しかったという思い出ではない。

　そんな時でも、父の博史は大人たちの間で異質な存在だった。それは子供たちにも伝染し、由梨も父と同じように扱われていたからだ。

「あの頃に戻ろう、由梨」

　和也が言う。

　いや……！　由梨の心が叫ぶ。

　誰にも心が開けずに、孤独だった日々。

　確かに和也は遊んでくれたけれど、あとで必ず芳子にひどい目に遭わされた。いつも何かに怯えながら過ごしていた。

「考えてみれば、君が変わりだしたのは、北部へ行ってからだ。働く必要なんてないのに、慣れない秘書をしてみたり、仕事を優先させて親族の集まりに来ない時もあったじゃないか。あぁ、あの時に気がついてあげられればよかった……」

　和也は熱に浮かされたように話し続ける。

「ここで、君が元に戻るまで一緒にいよう」

　和也が、再び由梨のベッドに近寄る。

力の入らない由梨の手を取ると、うっとりとした表情で頬ずりをした。

「いつまでも待つよ。君が僕のお嫁さんになるって、言ってくれるまで」

そうして和也は、枕元のグラスに注がれた水を口に含んだ。そしてそのまま動けない由梨に口づける。

冷たい水が由梨に流れ込む。気持ちが悪いはずなのに喉がカラカラで、由梨は喉を鳴らして飲んでしまう。素直に水を飲み干した由梨の頭を、和也は愛おしげに撫でる。

「いい子だね。由梨も戻りたいんだろう？　あの頃の素直な君に。大丈夫、戻れるよ。……それまで、そばにいるから」

和也の声が、ぼんやりとモヤがかかったような由梨の思考に染み込んでくる。そして由梨の帰りたいという意思は、次第に溶かされていく。

脳裏に、数日前に見た隆之の、あの照れたような笑顔が浮かぶ。

もう会えないのだろうか。

由梨の眦から涙がひと筋流れた。

隆之は、その日の東京行き最終便にギリギリで飛び乗った。そのまま今井家に直行し、着いたのは夜遅く。途中、幸仁と支社にいる長坂から、逐一報告を受けた。

幸仁からは、屋敷からは由梨のトランクはもちろん、和也がドイツから持ち帰ったはずのトランクもそっくりそのまま消えていること。今井家が所有する国内の物件のうち、管理人を置いているものに関してはすべて問い合わせたが、どこにも和也は現れていないことが報告された。

そして長坂からは、和也は会社からの連絡にも出ないだけでなく、向こう一週間のすべてのスケジュールがキャンセルされていると報告があった。

生きた心地がしなかった。和也が由梨を連れ去ったのは、もう誰の目にも明らかだった。

しかも、かなり計画的に。

隆之の脳裏に、由梨の笑顔が浮かぶ。

なんとしても助けてやらねばと強く思う。あの笑顔をもう一度見られるのならば何を引き換えにしてもかまわない。

「加賀君……」

今井家のリビングで、幸仁はやや憔悴《しょうすい》した様子で隆之を出迎える。隣の芳子は、苦虫を嚙み潰したような表情だった。

今井家のほかの者はいない。

皆、敷地内のそれぞれの屋敷に引き上げているのだろうか。

「その後、和也氏から連絡は？」

隆之は挨拶もそこそこに、上着を脱いで幸仁に問いかける。

「いや……」

幸仁は力なく首を振った。

「まったく。どうして、こんなことに……」

芳子が苦々しげに呟いた。それがまるで由梨のせいだと言っているように聞こえて、隆之は彼女をジロリと睨む。

「嘆いていても始まりません。彼の行きそうな場所に心当たりはありませんか。いくらなんでも、意識のない人間を連れて、全く知らない場所へは行かないでしょう」

しかし、隆之の言葉に夫婦は首をひねるばかりだ。

その時、隆之の携帯が鳴った。長坂からのメールだった。

今井家所有の物件の中で常駐の管理人がいない、しかも市街地から離れていて、人目につきにくい物件のリストだ。

隆之は、これをふたりに見せた。

それでもまだ首をひねるふたりに、隆之は苛立ちを募らせていく。自分たちの息子が罪を犯しているというのに、どこか他人事のような雰囲気を感じて、そばにあるローテーブルを蹴り飛ばしてやりたくなる。

「彼がよく行く場所、よく知っている場所です。本当に心当たりはないのですか。夜が明けても手がかりがつかめないままだったら、警察に届けるしかなくなります。そうしたら、あなたたちも無傷では済まない。死ぬ気で考えてください‼」

夫婦は青ざめてあわあわと何か言い合っていたが、ややあってひとつの物件を指差した。

「こ、これ。この湖の辺りの別荘には何回も行った。まだ和也が幼い頃に親父が一族を集めて……。あの子も、由梨も一緒に」

「由梨も……」

隆之は考え込んだ。

ふたりで一緒に訪れた場所なら、可能性は高いかもしれない。この時間、車なら三、四時間で着くだろう。

「ほかに心当たりは?」

隆之はさらに畳みかける。管理人がいないなら、直接行くしかない。読み間違えるとダメージは大きい。

しかし、幸仁は青い顔でぶんぶんと首を振った。

「し、知らん。大人になってからのあいつの行動は、あまりよくわからんのだ」

隆之はため息をついた。

そして、これ以上この夫婦を問い詰めても無駄かもしれないと思った時、再び携帯が鳴った。今度は着信だった。

長坂だ。

『社長！　和也専務の社用携帯GPSの解析ができました！』

今井コンツェルンの役員の携帯は、GPSで会社が位置を把握できるようになっている。国内一の企業の重役ともなれば、様々な危険に晒される可能性があるからだ。ただ同時に、それ自体が高度な機密事項であるため、アクセス権限は社内でも厳重に管理されていて、容易には見られない。

先ほど幸仁のトップダウンにより、秘密裏に長坂にだけそのアクセスの許可を下させたのだ。

「そうか！　ありがとう！　それでヤツはどこにいる⁉」

『はい、途中で電源が切られてしまっていますが、十八時の時点では福島《ふくしま》にありました！』

「福島！」

隆之は叫ぶ。

長坂に短く礼を言って電話を切ると、もう一度、物件リストを開きスクロールした。

今井家所有の物件で、福島にあるのはひとつだけだった。

「その別荘だ！」

「由梨はいつも、隠れんぼをしたがったよね。この別荘は森に囲まれていて、隠れる所がたくさんあったから。僕は小さな君が、僕を見つけた時の笑顔が好きだった。ぱぁって、お花が咲くみたいに笑うんだ」

和也とふたりきりの部屋に完全な闇が訪れて、明かりが枕元のランプだけになっても、和也は由梨のそばで延々と、幼い頃の思い出話をしている。

思考に霞がかかったような由梨はその言葉を聞きながら、過去と現在を行ったり来たりしているような感覚に襲われる。

「由梨は今井家の中にずっといて、黙って笑っていればいい。それで幸せになれるんだよ」

甘ったるい和也の声が、頭の中をこだまする。

「早くあの頃の君に戻るんだ。そうしたら、僕とふたりで幸せになろう」

少し前の由梨なら、そんな幸せもあるかもしれないと思っただろう。自分の意思は持たずに、ただ誰かに従うだけの人生。

その誰かが和也なら、今までの由梨と何も変わらないのだから。少なくとも和也ならば、由梨に親切にはしてくれるし、愛を与えてくれるだろう。

けれど由梨は知ってしまった。

そんな風にして与えられるものが、本当の愛ではないことを。

本当の愛とは、相手を思いやり、尊重し合うということ。そして、この人とであれば、そんな愛を育んでいけると思える相手を見つけてしまった。

「……め、ん……なさ……」

由梨はようやく出せるようになった声を絞り出す。

「ご……めん……なさ……い。にい……さ……」

和也が不快そうに眉を寄せる。

「そうじゃないだろう? 由梨。言ってごらん。僕を愛しているって。お嫁さんになるって」

由梨はゆっくりと首を振った。

「なれ……ない。わ、たしを……たかゆき……さんの、ところ……かえして……」

「なんでだよ‼」

和也が叫んで、由梨の頭のすぐ横の枕元を拳でドスンと殴った。

「どうして、僕じゃダメなんだ！　ずっと優しくしてやったのに！　ずっと愛してきたのに！」

そう叫んだ和也が、真っ赤な目で由梨を覗き込む。その瞬間、由梨は、ああ自分は死ぬのかもしれないと思った。

和也の中の狂気が由梨を捕らえる。白い和也の手が由梨の首に伸びた。

「君は僕のものだ、誰にも渡さない！　渡さない！　渡さない！　渡さない！」

和也は狂ったように同じ言葉を繰り返しながら、ゆっくりと由梨の首に置いた手に力を入れた。

「僕のものだ。永遠に……」

酸素を奪われて、由梨の目に映る和也の歪んだ表情が次第に霞んでいく。

由梨の中の弱くて惨めな部分が、どうせこんなものだと呟くのが聞こえた。

所詮私なんて、こんな最期がお似合いだ、と。

隆之さんと過ごした日々は、ひと時の夢。

見られただけ、よかったじゃない。

いつだって、ずっと、そうやって諦めてきた。

もう。

やっと、これで終われる。終わりにできる。

だとしても――最期に見るものが和也の歪んだ顔だなんて、あまりにひどすぎる。

そう思って由梨はゆっくりと目を閉じた……。

真っ暗な闇の中に、隆之の笑顔が浮かんだ。

あの会食の夜に不意に見せた笑み。

狼の群れのアルファのような、自信に満ちた笑顔。

そして、由梨にだけ見せてくれた少年のような微笑み。

会いたいと強く思う。

ここですべてが終わってしまうなら、せめて彼の腕の中で終わりたい。あの低くて、甘い声をもう一度聞きたい。

『由梨』と、ただ名前を呼んでほしい。

それだけで私は……。

その時。

「由梨‼」

信じられないけれど、夢だとは思うけれど、隆之に名前を呼ばれたような気がして由梨は目を開ける。

同時に部屋のドアが乱暴に開いて、明るい光に包まれた。

何人かが、なだれ込むように入ってきて、由梨の首の圧迫が解かれた。

新鮮な空気が再び脳に送り込まれて、ゴホゴホと咳き込む由梨を温もりが包み込む。

「由梨！　大丈夫か⁉」

心配そうに由梨を覗き込むのは、紛れもなく由梨の愛しい人だ。

余裕がなくこんなに切羽詰まった彼は初めて見る。

（あぁ、また隆之さんの新しい顔を見た）

呑気にそんなことを考えて、由梨は再び意識を失った。


気を失った由梨は、一旦近くの救急病院へ運ばれた。そして和也がインターネットで手に入れたという由梨に飲ませた薬は、後遺症をもたらすようなものではなく、命にも別状がないとわかると、加賀家が経営する総合病院へ移された。

二日後、病院のベッドで目を覚ました由梨は、なぜ、あそこに隆之がいたのかを聞いた。

彼と幸仁、芳子の三人が夜通し車を走らせ、湖のそばの別荘に着いたのは夜明け前だったらしい。その別荘の前に和也の車を見つけた時は、生まれて初めて神に感謝をしたと隆之は言った。

「でも部屋に入って、和也が寝ている由梨の首に手をかけているのを見た時は、また目の前が暗くなった」と、情けないように笑う隆之を、由梨は信じられない思いでベッドから見上げる。

忙しいはずなのに、由梨の異変にいち早く気づき、迷いなく東京まで駆けつけて、さらには自分を救い出してくれた。奇跡のような人だと思う。

そして、もう聞くことは叶わないと思った彼の低い心地のいい声に、うっとりと目を閉じる。

和也は、由梨から引き離されたあとも騒いでいたらしい。『由梨は僕のものだ、お前は触るな！』と隆之を罵り、『父さんと母さんは嘘つきだ！』と号泣した。

幸仁、芳子夫妻は、和也の由梨を妻にしたいという想いを、ずっと利用してきた。『今井コンツェルンの後継者として認められる男になれば、その願いを叶えてやる』と。

幸仁も芳子も、和也の由梨に対する気持ちなど、所詮は気の迷い、広い世界でほかの女を知れば由梨などすぐに忘れると、タカを括っていたらしい。だが、ふたりのそうした予想を裏切って、和也は由梨に執着し続けた。

ほかの生き方を許してもらえない後継者の哀れな話だと、隆之は首を振る。同じ名家の御曹司として、何か思うところがあるのかもしれないと、由梨は感じた。

結局、和也は精神のバランスを崩したということで、今井家の息がかかった病院に入院した。二度と自由にはさせない——それを条件に、由梨は和也を告訴しないことになったのだ。

「今井和也が間違えたのは、君の意思を確認しなかったからだろう」

隆之が静かに言った。

誰も彼もが由梨の気持ちを無視して話を進めた結果が、これなのだ。けれど由梨は、それならば自分も同罪なのだろうと思う。そもそも、由梨は常に自分の気持ちを言ってこなかった。

皆が間違えていたのだ。

それを隆之が正してくれた。

「隆之さん、ありがとうございます」

日の光がカーテン越しに柔らかく差し込む窓を背にした隆之に、由梨は言う。

「君が無事ならそれでいい」

隆之はしばらく逡巡して、もうひと言つけ足した。

「君は俺の妻だ。助けに行くのは当然だ」

その隆之の声音が、少し義務的に聞こえて、由梨の胸がコツンと鳴った。

由梨は彼の様子を窺うが、光を背にした隆之の顔は影になり、その表情はわからなかった。

「今井和也は確かにやり方を間違えた。由梨、君はずっと、君を道具としか見ていない人たちに囲まれて、翻弄され続けてきたんだ。そして、今も……」

「え？」

由梨は掠れた声で聞き返す。

隆之は「いや」と呟いて首を振った。

「今はまだいい。君は体調を整えることだけを考えるんだ」

大きな手が由梨の頭を優しく撫でる。その感触に、由梨は今まで感じたことのない違和感を覚えた。

さらに数日が経ち、由梨の退院の許可が出た。

今井幸男の葬儀から由梨の入院までの間、ずいぶんと会社を空けたために、隆之は迎えに来られなかった。代わりに彼が手配した迎えの車に乗り込むと、車は市内を抜けてある場所に到着した。

そこは、かつて由梨が父と住んでいた今井家の屋敷だった。

運転手から『しばらくはここで静養するように』との隆之からの伝言を聞いた由梨に驚きはない。心のどこかでこうなるのではと予感していたからだ。

目が覚めた日に抱いた隆之への違和感は、結局ずっとそのままだった。

優しく丁寧に接してくれてはいたけれど、微笑んでくれてはいたけれど、それは皆がよく知る〝加賀隆之〟で、由梨だけに見せる彼の姿ではなくなっていた。

（また、帰る場所がなくなった）

よそよそしく佇む今井家の屋敷を見上げて、由梨はそう思った。

隆之の告白

翌日、弁護士だという老齢の男を伴って、隆之が屋敷を訪れた。

由梨は応接間で彼らを迎える。

父の博史が生きていた頃からほとんど使っていなかった応接間は、少しカビ臭い。アンティークと言ってもいい飴色のローテーブルを挟んで、ふたりの男性と由梨は、向かい合わせに座る。無表情の隆之に、なぜこちら側に座ってくれないのかとは聞けなかった。

まず口を開いたのは、弁護士だった。彼は今井家の顧問だと名乗る。

「本日は、今井和也氏があなたにした行為に対しまして、今井幸仁氏からの謝罪を含めました提案をさせていただきます」

そう言って弁護士は、由梨に幸仁からの慰謝料の提示をした。

さらにそれに加えて、祖父の幸男が遺言で博史に相続させるはずであった分は、由梨がそのまま引き継げると告げられる。

今井の莫大な財産から考えるとわずかな金額かもしれないが、それは由梨がひとりで生きていくには充分な金額だ。

その中には、今三人がいる屋敷も含まれていた。

「金銭的なお話は以上でございます。そして」

そう言って弁護士は、ここからが肝心とばかりに『合意書』と書かれた紙をテーブルの上に出して由梨に見せた。

そこには、今後一切、今井家は由梨の住む場所や仕事、人間関係などに口出しはしないと約束する、とあった。

「ここに書かれている内容は、本来人が生まれながらに保証されている権利ですが、あなたのお生まれになった家は少々特殊ですからね」

そう言って、弁護士は苦笑いをした。

由梨は言葉を失って、合意書を見つめた。

「この合意書にサインをすれば君は本当に自由だ。どこで働こうが、どこに住もうが誰にも文句は言われない」

この部屋に入ってきてから初めて、隆之が口を開いた。それを見て、由梨は彼が今井家の弁護士と並んでいるわけがわかった。

隆之が、今井家側に由梨の自由を認めさせたのだろう。

由梨のために。

「わかりました、ありがとうございます。あの……ひとつだけお伺いしたいのですが」

由梨は弁護士をまっすぐに見て尋ねた。

「屋敷にある父のお墓へは、お参りに行かせていただいてもいいのでしょうか」

由梨の言葉に、弁護士は大きく頷いた。

「もちろんです。あなたは今井家の人間ですから」

隆之が、わずかに微笑んだ。


今井家と由梨の話が終わると、弁護士は見送りはいらないと言って帰っていく。そして、由梨はそのまま部屋に隆之とふたりで残される。おそらく、弁護士との間で初めから打ち合わせがされていたのだろう。

隆之からも由梨へ話があるのだ。

居心地の悪い沈黙が、ふたりを包む。

話の内容が楽しいものではないだろうということくらいは、由梨にもわかった。

「由梨……。これで君は今井家から解放された。どこで働こうが、どこに住もうが、誰にも文句は言われない」

隆之が、ゆっくりと確認するように言う。

由梨はそれを不思議な気持ちで見つめていた。

いつも自信に満ち溢れ、どこでも堂々としているはずの隆之が、今日はなんだか少し様子が違うような気がした。

少しやつれて、気落ちして、信じられないけれど、何かに怯えているようにすら見える。

「……だから、由梨。君は……」

隆之はそこから先は言いたくないというように唇を噛み、由梨から視線を外す。

そんな様子も、やっぱり彼らしくないと由梨は思う。

いつ、どんな時も、隆之は言うべき言葉と言わざるべき言葉をはっきりとさせてから、口を開く。それなのに今は、何をどこから言っていいかわからないという迷いを隠しきれていない。

少しの間、躊躇っていた隆之だったが、しばらくすると形のいい唇を歪めて、無理やりに続きを話し始めた。

「つまり、君が……俺と結婚する意味もなくなったわけだ」

隆之はそう言って、苦いものを食べた時のような顔をした。

「そういう結婚だっただろう。俺は社長になるに当たっての反発を抑えるために、君は東京へ呼び戻されることを回避するために……お互いにメリットがある結婚だった」

隆之の口から、冷静で残酷な現実が言い渡されるのを由梨は呆然《ぼうぜん》として聞いている。

言葉のひとつひとつが鋭利な刃物となって、由梨の心を切りつけた。

そのくらい胸が痛かった。

「実際、君はよくやってくれた。いつもうるさい加賀の親戚たちが皆、君を気に入ったようだし、俺の社長就任について、今井のほうから横槍を入れてくる者もいない」

それは自分の功績ではないと由梨は思う。隆之は、社長になるべくしてなったのだ。今井家の者でも異論を挟む余地がないほどに。

でも由梨はそれを言葉にはできずに、黙って隆之を見つめた。

「本当に……よくやってくれた。でも、もう君は俺との結婚がなくても、ここにいられる。好きなようにできるんだ」

隆之のアーモンド色の瞳が切なげに揺れて、由梨を捉える。

「……君は自由だ」

「え……」

由梨は呟く。

由梨は少し動転していて、隆之が言う言葉の意味を正確には理解できずにいた。

「……それは、隆之さんが私と別れたいということですか」

しばらくは言葉が出なかった由梨だけれど、ようやく掠れた声でそう尋ねることができた。

「違う」

隆之が、やや乱暴にかぶりを振る。

髪が乱れてクセ毛が跳ねた。

「由梨、間違えるな。君にとってのメリットがなくなったというだけだ。……君は、いつでも俺から自由になれる」

「隆之さんから？」

「そうだ。俺にはもう君を縛れない。もともと、俺は君が断れないとわかっていて、この結婚を持ちかけた。君のささやかな希望につけ込んで……」

隆之は眉間に皺を寄せて目を閉じた。

「でも、隆之さんは……隆之さんだって伯父様から言われて、私と結婚するしかなかったんだわ。そうでしょう？　つけ込んだなんてそんな言い方――」

「違う！」

隆之が声を荒らげる。

びくりと由梨の肩が揺れた。

「違う！　俺は、会長から言われて仕方なく君と結婚したんじゃない！　俺は、俺は……」

由梨には隆之の話の核心がつかめなかった。

でもおそらく、今から彼が言おうとしていることが、ここ数日の間、彼をよそよそしくさせていた原因なのだ。それだけはわかった。

隆之は少しの沈黙のあと、じっと由梨を見つめて苦しげに口を開く。

「由梨、俺はずっと君が好きだった。……おそらく、初めて会った日から」

予想もしなかった告白に息を呑む由梨をよそに、隆之は続ける。

「会長が、今井和也が君に執着して困っていると漏らすのを聞いて、俺が持ちかけたんだ、君との結婚を。君をものにできるチャンスだと思った。そうやって今井家の了解を取りつけておいて、何も知らない君を結婚へ追い込んだ」

「追い込んだなんて……。隆之さんは選ばせてくれたじゃない。私が決めていいって……」

初めて知る事実に、由梨は混乱しながらも反論する。まるで、自分が悪者だと言わんばかりの隆之を、痛々しく感じた。

「君の身の上をわかったうえで選択させるフリをしただけだ。……君が断れないと、わかっていた。由梨……俺は……」

隆之の右手が拳を作って震えた。

「俺は、……今井和也と同じだ」

「違うわ！」

由梨は思わず叫ぶ。

「違わない！　何も違わない。君に恋をして君が欲しくて、裏で工作して君を手に入れた。君の意思を無視して……同じだ……」

由梨は、同じじゃないともう一度叫ぼうとした。

けれどうまく声が出なかった。

代わりに涙が溢れた。

「君を救ったあの日、あの男を見ていて気がついたんだ。ヤツは確かに愚かだが、所詮、俺も同じ穴のムジナだ。俺は成功し、ヤツは失敗した、ただ、それだけの違いだ」

そう言って隆之は立ち上がった。

そしてローテーブルを回り込んで、ソファに座ったまま動けずにいる由梨の前にひざまずいた。

その大きな手が、あとからあとから流れ出る由梨の涙を拭う。

「君を本当に愛しているから、素知らぬ顔で君の夫でいることができなくなったんだ」

以前、秘書室の女性陣で隆之の話をした時のことが由梨の脳裏に蘇《よみがえ》る。

彼のまっすぐな気性は、己のズルさを隠し通すことができなかった。

「由梨、選んでくれ。この話を聞いても、俺の妻でい続けるのか。それとも……新たな道を行くのか」

隆之の声音がわずかに揺れて、由梨の心は締めつけられる。

「君がどちらを選んでも、決して君の不利にはならないと約束する。そのためには、なんでもする。……もし別れたあとも秘書室で働きたいと言うなら、そのように取り計らう。俺と一緒が嫌なら、俺は社長を辞するよ」

できるはずもないと由梨は思う。でも、彼ならやるだろう。

そういう人だ。

「今度こそ、本当に選択を君に委ねるよ。由梨、……選んでくれ」

そう言い残して隆之は帰っていった。

由梨はそれを見送ることもできずに、ソファに座ったまま動けずにいた。

いつの間にか日は傾いて、由梨の愛する街をオレンジ色に染めている。

なんて切ない告白なんだろう。

彼は身を切るような思いで、由梨に誠実さを示してくれた。それは、今まで散々自我を無視され続けてきた由梨への、最大限の愛情表現だ。

本当の解放。

それを由梨にもたらしてくれたのは、ほかの誰でもない加賀隆之だった。

由梨の告白

　ウィーンウィーンという音とともに紙を吐き出し続けるコピー機に手をついて、由梨は窓の外を眺めている。

　オフィス街は初夏の日差しに包まれて、道ゆく人々の装いは短い夏の訪れを歓迎するかのようにカラフルだ。

　自分はそんな彼らとは真逆のところにいると感じて、由梨はこっそりとため息をついた。

「まったく。どうしちゃったのかしらね、殿は」

　ぼんやりと外を眺める由梨の耳に、長坂の呟きが届いた。ここのところ隆之のケアレスミスが立て続けに数件起きていて、それについてのぼやきだった。

　ミス自体は、長坂でなくては気がつかないような些細《ささい》なもので、もちろん業務に支障はない。それでも、今までが完璧だった彼にしてみれば非常に珍しいことで、しかもそれが続くとなれば、秘書としては異常事態だと言わざるを得ないのだろう。

　業務に支障がなければそれでいいというわけではなく、長坂は友人として彼を心配しているのだ。

チラリと由梨を見る長坂の視線に気づかないフリをして、由梨は自分の席へ戻る。

長坂が小さくため息をついた。

隆之が屋敷を訪れた二日後、由梨は仕事に復帰した。

予定よりも長く休んでしまったと恐縮する由梨を、秘書室の面々は温かく迎えてくれた。特に事情を少しかじった長坂は、心配そうに眼鏡の奥で眉をひそめて『まだ休んでていいのに』と小言を言った。

由梨は相変わらず今井の屋敷にいて、そこから会社に通った。由梨が答えを出すまでは、今の状態でいようと隆之が言ったからだ。

そうして、二週間。

昼間だけ顔を合わせて、夜は別々の場所へ帰っていくという奇妙な夫婦関係が続いている。

由梨はいまだに答えを出せずにいた。

いや、答えなんてとっくに出ているじゃないかと自分を叱る朝を迎えたと思ったら、次の日には、さっぱり何もわからなくなる。

そんなことの繰り返しだった。

『あんな百戦錬磨の男からしたら、君なんて赤子の手をひねるようなもんだ』という和也の言葉と、『俺は、今井和也と同じだ』という隆之の嘆きが、代わる代わるに浮かんでは消える。

所詮、自分は隆之にうまく丸め込まれていただけなのだろうか。

彼がくれた愛は和也のものとは違うと思ったのは、ただの錯覚だったのだろうか。

自由を与えてくれているようなフリをして、その実、選択権は由梨になかった？

隆之との結婚を選び、彼を愛したこの気持ちさえも、仕組まれたことだったのだろうか。

由梨の頭は今、本当の自由の中にいて混乱を極めていた。ずっとずっと憧れ続けた自由とは、こんなにも苦しいものだったのかと愕然《がくぜん》とする思いだった。

何を基準に、どう選択すればいいかなど、誰も由梨に教えてはくれない。

泳ぎの知らない小さな子供が、いきなり大海原に投げ出されたようなものだ。もがいてもがいても海面は見えず、息ができない。苦しくて沈んでしまいそうだった。

こんなにつらいならば、真実など知りたくはなかった、ずっと騙し続けてくれればよかったのに、という思いさえ抱いた。

会社では由梨に背を向け、社長室へ消えていく大きなスーツの背中が恨めしい。

アルファは群れの者を圧倒的な力でもって魅了する。

その魅力に取り憑《つ》かれた者はもうほかの群れへ行こうなどとは思わないほどに。

それなのに——最後まで縛ってはくれないなんて……。

「まさか、社長に限ってあんな話、嘘ですよね？」

「うーん……」

長坂と奈々の話し声が聞こえて、由梨は給湯室のドアの前で息をひそめて立ち止まった。

今日は蜂須賀に頼まれたお使いで、午前中から外に出ていた。

予定では戻りはまだ先だったのだが、ひとつ案件がキャンセルになったので、少し早く帰社したのだ。

「私本当に腹が立ってしまって……。下へ行くなり、社長と由梨先輩がうまくいってないのは本当か、なんて聞かれたんですよ？　失礼にも程があります」

憤慨する奈々の言葉に、由梨の胸がどきりとする。

その噂は由梨も知っていた。

隆之の夜遊びが再開したという話だ。

何人かの社員が歓楽街の高級バーから出てくる隆之を目撃したという話に端を発して、その後も連日のように飲み歩いているという話は、瞬く間に女性社員の間で広がった。中には、綺麗な女性を連れていたという話もある。

普段、噂話など由梨の耳には入ってこないのだが、秘書室にいると、嫌でも目に入る隆之の姿を見るのがつらくて、外へ出る仕事を積極的にこなしているうちに、すっかりと情報通になってしまった。

夫である隆之の決して愉快ではない話が耳に入るのは、由梨が隆之と結婚したことをよく思わない女性たちからの当てつけもあるのかもしれない。

「殿が飲み歩いているかどうかは知らないわ。でも近頃、夜の会合や接待がないのは事実よ」

隆之の公式のスケジュールを正確に把握している長坂が言う。

「じゃあ、なんで夜遊びするんですかー！」

あぁーと、奈々が大きくため息をつく。

「女性を連れてたって話もあるんですよ！　社長と由梨先輩が結婚してから、ここ最近は下の子たちもおとなしくなってたのに、また騒ぎだしましたよ！　社長なら愛人でもいいなんて言っちゃって！　うるさいったらありゃしない」

「連れてたかどうかはともかく、飲んでいる殿の隣に女がいるのは、別に珍しくはないわ」

長坂が平然として言う。

「ヤツの場合は、ひとりで行っても声をかけられるのよ。女から寄ってくるってわけ。でも、誰も一緒に飲んでるとこを見たわけじゃないんでしょう?」

「そりゃあ、社長が行くようなお店は普通の社員は行けませんから。じゃあ、その女の人と社長が、特に親しくはないとして、まさか一夜限りの……なんてことないですよね?」

奈々が最後のほうは声を落として、長坂に確認するように言った。

「どうかしら」

少し間を置いて長坂が答える。

「なんでですか〜⁉ 先輩、社長に限って浮気はないって言ったじゃないですか!」

奈々が抗議の声をあげた。

「それはヤツが普通の状態の時よ。ここ最近のヤツの動揺ぶりからすると、相当、今井さんにはまっているみたい。そして、ふたりは今お世辞にもうまくいっているとは言いがたい……」

長坂は一旦、言葉を切ってため息をついた。

「殿だって人間なんだから、やけになって……ってことも、考えられなくはないんじゃない？」

「ええー！　そんなぁ！　由梨先輩、大丈夫かなぁ」

心配そうに言う奈々の声を聞いて、由梨はそっとその場を離れた。

『由梨が選んでくれ』と言った時の隆之の真摯な瞳の色からして、長坂が言ったような出来事が今すぐに起こるとは、由梨には思えない。

でも、彼がひとりで飲んでいると女性が放っておかないというのは、本当だろうと思った。酒を飲む隆之の隣に綺麗な女の人が寄り添う様子が頭に浮かんで、由梨の胸はキリリと締めつけられるように痛んだ。

今の由梨に、それをとがめる権利はない。

そして、このままいつまでも結論を出せずにいたら、いずれは長坂が言ったようになるだろう。

そうなっても、由梨には文句は言えない。

「それで、いいの……？」

ぽつりと呟いて、由梨は非常階段をゆっくりと下りていった。

一度会社を出て近くの公園を意味もなく一周してから、再びビルへ入る。

日差しは暖かく、汗ばむくらいだった。

最上階へ上る途中、由梨の乗ったエレベーターが三階で止まり、ドアが開いた。光る数字をぼんやりと眺めていた由梨が視線を落とすと、開いたドアの向こうに立っていたのは隆之だった。

三階には法人営業部がある。そういえば昼前の会議に参加する予定だったと、由梨は隆之のスケジュールを思い出す。一瞬、驚いたような表情を見せた隆之だったが、すぐに社長の顔に戻って乗り込んできた。

「お、お疲れさまです」

由梨は呟いて、一歩下がった。

「うん。お疲れさま」

隆之も答えて由梨の前に立つ。きちんと撫でつけられた黒い長めの髪がかかる、スーツの襟が少しだけめくれていた。

思わず手を伸ばした由梨の気配を感じて、隆之が振り返る。

「何？」

「あ、あの、襟が……」

由梨はうつむいて呟く。

振り返った拍子に、隆之の香りがふわりと由梨の鼻を掠めた。少し甘いその香りに、不意に由梨は泣きだしそうになる。

この香りに今すぐに包まれたい。

そう強く感じた。

そしてそれと同時に、彼をほかの誰にも渡したくはないという思いが、由梨の全身を貫いた。

彼が自分にしたことがどうだとか、彼がくれた愛が本物だったのかとか、そんなことはもはやどうでもいい。

彼を、彼のすべてを自分のものにしたい。

ただこの香りに抱きしめられて、またあの甘くて低い声で名前を呼んでもらいたい。

あの狼の瞳で見つめられたい。

自信に満ちたアルファの微笑みで由梨を魅了して、そして由梨のすべてを奪ってほしい。それが彼の策略でも打算でもいい。

どうせもう、自分は彼の魅力から逃れられないのだから。

「襟？　……あぁ、ありがとう」

そう言って自分で整えてエレベーターを降りていく背中をじっと見つめながら、ようやく由梨の気持ちが決まった。

とっぷりと日が暮れたオフィス街を横目に〝社長〟のスケジュールを社内ネットワーク上で確認してから、由梨はパソコンをシャットダウンさせた。

定時をとうに過ぎ、秘書室には誰もいない。ずいぶん前に、今日は先に上がっていいと隆之が言いに来て、それを合図に皆帰っていった。けれど、当の本人はまだ社長室にこもったまま、いまだ帰る気配はない。

由梨はドキドキとうるさい胸の音を聞きながら、静かに立ち上がった。

社長室へと続く無機質な黒いドアは、無言で由梨と隆之の間を隔てている。まるで、お前はこちら側へは来るなとでも言うかのように。

由梨はそのドアの前まで行くと、深く長い深呼吸をしてからやや強めにノックをする。静かな室内にコンコンという音が響いた。

「……どうぞ」

少しの間のあと、返事が返ってきた。それを聞いてから、由梨はゆっくりとドアを開けた。

社長室は、隆之の性格を表すかのように簡素で飾り物がない。そして必要なものが必要なところに置かれていて、とても実用的なのだ。その静かな室内の中央の机に隆之は座っていた。

現れた由梨を見て驚いたのか、隆之の手が止まっている。こんな時間に用があるのは、長坂か蜂須賀くらいだと踏んでいたのだろう。

「社長。まだ業務中でしょうか」

緊張しながらも由梨は問いかけた。

隆之は、「いや」とパソコンを閉じた。

「もう、終わりだ。……今井さんは、どうしたの?」

隆之が会社では旧姓で通している由梨の名字を呼ぶ。

そこに一抹の寂しさを感じながらも、由梨は自分を奮い立たせるように右手をぎゅっと握りしめた。

「これからどこかへ行かれるのですか。……隆之さん」

隆之が驚いたように目を見張る。会社で彼を名前で呼ぶのは初めてのことだ。

どう答えていいのかわからずに戸惑っているのが、空気を通して伝わってきた。

「飲みに行くのですか? ……女の人と?」

畳みかけるように由梨は問う。

ドキドキと胸が鳴った。

隆之が背にしている窓から見下ろすネオンの街は、彼をあの手この手で誘うだろう。その心の隙を突いて、彼を連れていってしまう。

由梨は首を振った。

「行かないで、隆之さん」

「由梨……？」

隆之が驚いた表情のまま立ち上がる。北部支社のトップのためにある座り心地のよい椅子が、ガタンと音をたてた。

「行かないでって言ってもいいでしょう？　私、隆之さんの奥さんなんだもの」

「由梨……」

大きな机を回り込んで、隆之は由梨に歩み寄る。

由梨はドアを背に、通せんぼをするように立ちはだかると、後ろ手にガチャリと鍵を閉めた。

「皆、隆之さんが毎晩、女の人と飲んでいるって言ってるわ」

声が震えて、涙が溢れた。

「行かないって言うまで、ここを通さないから」

互いの香りを共有するくらいまで近くに来て、隆之は由梨をじっと見つめた。

「行ってほしくないのか。……なぜ？　答えは出たのか」

隆之のアーモンド色の瞳が自分を捉えているという事実に、由梨はぞくぞくするほどの喜びを感じた。

「隆之さんは、私がどちらを選んでも私が困るようなことにはならない、そのためにはなんでもするって言ってくれました。あれは本当ですか？」

由梨は挑むように隆之を見上げる。

隆之は、由梨の視線を受け止めて頷いた。

その瞳は強い光を湛えている。

「約束するよ。君が望むようになんでもする。……言ってごらん。由梨は、どうしたい？　何を望んでいる？」

由梨の眦から熱い涙が溢れて頬を濡らした。

由梨は震える唇を懸命に開く。

「わ、わ、私は……私……」

感情が昂って、心が熱いものでいっぱいになった。

うまく言葉を紡げない。

それでも自分で、自分の口で、どうしても言わなくてはいけない。

隆之は急かすことなく、静かな眼差しで由梨を待ってくれている。

「わ、私は、……た、隆之さんが、……隆之さんが、欲しい……」

絞り出すように言った由梨の言葉に、隆之が息を呑む。

生まれて初めて、由梨が本当に、自分の意思のみに従って、希望するものを言葉にした瞬間だった。

「由梨……」

「た、隆之さんが裏で画策をして私に結婚を承諾させたと言うなら、そうかもしれない。それからそのあと、わ、私が、た、隆之さんに恋をしてしまったのも、何もかも隆之さんの、け、計画通りだったのだと思う……」

由梨の目から熱い滴が、あとからあとから流れた。

「だってそうされなかったら、私は、隆之さんをそんな風には見ていなかったんだもの……」

由梨は、改めて隆之の顔を見上げた。

アーモンド色の瞳が揺れている。

「わ、私は……な、なんの経験もなくて……恋する気持ちすら知らなかったのよ。た、隆之さんみたいに素敵な大人の男の人に優しくされて……好きにならないわけがないじゃない！」

由梨は、一旦言葉を切って呼吸を整える。

「隆之さんはズルいわ。い、今さら……今さらあれは作戦だったから、よく考えろなんて言われても……」

由梨は首を振る。

大粒の涙が散った。

「そ、そんなこと言われても、私は、私はもう、あなたを好きになっちゃったんだもの！　今さら……今さら元には戻れない！」

「由梨！」

低い声が熱く由梨の名を呼んだ。

そして同時に大きな腕が強い力で由梨を包み込んだ。

「考えても、考えても、答えなんて出ないわ！　わかるのは、隆之さんを知らなかったあの頃の私には、もう戻れないということだけ。隆之さんが好きなの、誰にも渡したくないの……」

由梨は、隆之の腕の中で泣き続けた。

「ほかの女《ひと》のところになんて行かないで。私のそばにいて。ずっと、ずっと……」

隆之の上等なシャツを、由梨の涙が濡らした。

すがりつく由梨の手が皺を作った。

「な、なんでもするって言うなら、私を……私を隆之さんに夢中にさせた責任を取って！　ずっとずっと私の旦那様でいて‼」

最後は叫ぶように言った由梨の想いを、隆之は熱い胸で受け止める。

ひっくひっくとしゃくり上げながら、自分の力で立っていられないくらいの由梨を、強い力で抱きしめた。

「わかった」

由梨の耳に隆之の低い声が届く。

その声は少し震えていた。

「由梨、愛しているよ。俺はずっとずっと君のものだ。君も……君も、俺のものだ。永遠に」

力強く誠実な声で隆之が誓う。そして少し身体を離し、至近距離で由梨を見つめた。

その視線に、由梨は言いようのない喜びを感じる。

あの狼の瞳がそこにあった。

あぁ、やっぱり、自分はこの瞳に囚われたのだと、強く思う。もう逃れられない。

由梨は、自分を見つめる瞳に吸い寄せられるように、背伸びをする。

そして、形のいい薄い唇に、そっと口づけた。

「ん」

見た目より柔らかいその感触を少し楽しんだあと、ペロリと自分の唇を舐めてみる。

初めて自分からしたキスの味は、少ししょっぱくて、でもとても幸せな味だと思う。

生まれて初めて由梨が心から欲して手に入れた、キスの味だからだ。

由梨からの突然のキスに、少し驚いたように目を瞬かせている隆之を見て、由梨はニッコリと微笑んだ。

「隆之さん、大好き！」

幸せな気持ちで微笑んだ由梨の頬を、隆之の大きな手が包む。その温もりが涙に濡れた頬に心地よくて、由梨はうっとりと目を閉じて頬ずりをした。

その感触をゆっくりと堪能してから目を開くと、なぜか隆之は難しい顔をして、由梨の顔を見つめている。

心なしか、その瞳の色が濃い。

自分は何か間違えたのだろうかと由梨が首を傾げた時、隆之が深いため息をついた。

「隆之さん？」

そして熱を含んだ視線を由梨に送った。

「俺は、君の笑顔に弱いと言っただろう？　その俺に、そんな笑顔を見せておいて、まさか、あれだけのキスで済むと思っていないよな？」

思ってもみなかった隆之の言葉に、由梨は耳まで真っ赤に染まる。

「え？　あっ、そ、そんなつもりは……」

慌てて首を振った。

「そんなつもりは？　なかった？」

優しく聞き返す隆之に、由梨はこくこくと頷く。確かに以前、隆之がそう言っていたのは覚えている。だからといって、ただ笑っただけで誘ったように言われるのは、心外だった。

けれどそれを伝えようと開いた由梨の唇は、隆之の熱い唇によって塞がれた。

「ん……んっ！」

由梨の背筋が歓喜に震える。

心外だと思いながらも、その実、心の底からそれを求めていたのは明白だった。もしかしたら、もう二度と触れられないかもしれないと思ったその熱に、今、触れている。嬉しくて、嬉しくて由梨は、すがりつくようにそれを求めた。

一方の隆之も、そんな由梨の口内を、丁寧に、丁寧に味わっていく。さっき由梨が言おうとした言葉も、何もかも、食べ尽くすかのようだった。

次第に由梨の頭の中は空っぽになっていく。思考が霞んで、何も考えられなくなった頃、ようやく隆之が離れた。

そして、くたりと力が抜けてしまった由梨を、突然抱き上げた。

「きゃっ！　た、隆之さん⁉」

驚き慌てふためく由梨をよそに、涼しい顔の隆之はずんずんと部屋を横切る。そして、綺麗に片づけられて、ほとんど物がない社長のための机の上に由梨を座らせた。

「っ……！　た、隆之さん……な、何？」

予想を遥《はる》かに上回る隆之の行動に、ついていけない由梨は、机の上で身をよじる。けれど隆之に囲い込むように両手をつかれてしまい、思うように身動きが取れなくなった。

「俺は社長で君は秘書だ。古今東西、社長と秘書が愛し合う場所は、社長室のデスクと決まっている」

信じられないことを言って、隆之は由梨の頭上で優雅に微笑んでいる。

由梨は慌てて彼の鍛えられた胸に両手をついて押し戻そうとした。

「ダ、ダメです！　……社長」

彼は、誰もが認めるこの会社のリーダーだ。会社の心臓ともいうべきこの場所で、こんなことをしていいはずがない。それを思い出してほしくて、由梨はわざと役職で彼を呼ぶ。

それなのに、そんな由梨の必死の抵抗を歯牙にもかけず、隆之はペロリと唇を舐めたかと思うと、おもむろにネクタイを緩めた。

「大丈夫だ、誰も来ないよ。由梨が鍵をかけてくれたんじゃないか」

「なっ……！」

由梨は声にならない声をあげる。もちろん、由梨はそんなつもりで鍵をかけたのではない。隆之を夜の街へ行かせまいと、必死だったのだ。

「私、そんなつもりじゃなかったわ……」

涙目になり必死に首を振る由梨を見て、隆之が喉の奥でくっくっと笑った。

「そうか？」

そう言って、おかしそうに笑い続ける隆之から、怪しい空気が消えた。からかわれたのだとようやく気がつき、由梨はホッと胸を撫で下ろす。

隆之が放つ壮絶に怪しい色気は、相変わらず心臓に悪い。

「もうっ」と言って、由梨は身をよじる。しかし、相変わらず机と隆之の腕に挟まれてそこから出ることは叶わなかった。

「初めてワガママを言う君は、とても美しかった。こんなに可愛らしいヤキモチを見られるなら、夜遊びも悪くはないな」

愉快そうに軽口を言う隆之を、由梨は軽く睨む。

「隆之さんったら……」

美しい女性を隣にはべらせて酒を飲む隆之の姿が、また脳裏に浮かんだ。

「ほら、こんなに頬を膨らませて」

隆之は微笑んで、由梨の頬をつついた。

そして一瞬、真顔になって眉を寄せた。

「別に誰かと飲みたかったわけじゃない。……君のいない屋敷に、帰る気がしなかったんだ」

切ない響きを帯びたその声音に、由梨の胸が締めつけられる。

「私……」

由梨の視界が再び滲んだ。

「私……。ぐずぐずと答えを出せなくて、ごめんなさい……」

自分の気持ちだけで精一杯で、隆之がどんな気持ちでいるかまでは思いやれていなかった。それなのに子供っぽい嫉妬までしてしまったのが恥ずかしい。

「気にしなくていいよ」

由梨の頭に、大きな隆之の手のひらの温もりが乗る。

隆之がふわりと笑った。

「こんなに情熱的な由梨の告白が聞けたんだ。もう、それだけでいい」

そう言った隆之の頬に由梨は手を添える。少し高い隆之の体温が、手を通して由梨に伝わった。

彼と出会えたことは、由梨にとって奇跡にも近い幸運だ。たとえ、始まりは打算と計算にまみれていたとしても。彼なくしては由梨は自由を勝ち取れなかったし、おそらく、本当の愛が何かすら知らずに生涯を終えただろう。

「隆之さん、愛してるわ」

そんな言葉では言い尽くせないくらい。

「愛してるわ」

由梨は、ゆっくりと近づく隆之の唇に、愛おしげに自分の唇を重ねた。

そして、ふたりは誓いのキスを交わす。

ここから始まる。

真実《ほんとう》の、ふたりの幸せな結婚生活が。

離れていく唇を名残惜しそうに見つめる由梨に、隆之は極上の笑みを浮かべて、囁いた。

「帰ろう、由梨。俺たちの家へ」

幸せな朝

「んっ……！　た、隆之さん。あ、あの……お、お風呂に入らせてください……」

久しぶりの加賀家の寝室で、由梨は隆之の膝の上に乗せられている。

社長室で由梨が一世一代ともいえる愛の告白をしてから、隆之はすぐに由梨を連れて会社を出た。途中、荷物を取りに、由梨が今井の家に寄りたいと言っても、許してはくれなかった。

『もう、少しも待てない』

その身も蓋もない言い方に、顔を真っ赤にして抗議する。そんな由梨を乗せた隆之の車が加賀家の玄関前に着いたのが、つい先ほど。

ふたりを出迎えた秋元は、由梨の姿を見て涙ぐんだ。その涙に、由梨は答えを出すためのここ数週間、本当に自分の気持ちしか考えていなかったと思い知らされる。こんなにも心配してくれる人がいるというのに。

感謝の気持ちと申し訳ない気持ちが、由梨の胸をいっぱいにしていく。

それなのに、隆之はそんなふたりを見ても、態度を変えなかった。

『悪いけど、感動の再会は明日にしてくれ。今日は、もうこのまま由梨と休むから。朝は、出てくるまで起こさないで』

言わなくてもいいようなことまで言って、由梨を寝室へ引っ張っていく。

『あ、えっ？　ちょっ……！　た、隆之さん⁉』

心底安心したように微笑んで頷く秋元に、由梨は微妙な気持ちのまま、寝室まで引きずられるようにして連れていかれた。

そして、今の状態である。

どうやら隆之は由梨を膝へ乗せるのがお気に入りらしい。部屋に入るなり自分はベッドの上に座り、由梨を膝に乗せて、さっきから由梨の身体のあちらこちらにキスの雨を降らせている。

頬に、瞼に、そして耳を食んで、唇はひときわ長く丁寧に。

由梨はそのくすぐったいような甘い刺激に、抑えきれない声を時折漏らしながら、耐えていた。しかし、隆之からの壮絶に怪しい熱が伝染し、陥落寸前である。

社長室で家に帰ろうと隆之に言われた時から、こうなるだろうとは予想していた。

隆之も、その欲求を隠すことすらしていないのだから。

でも、いくら予想していたとはいえ、性急にも思える隆之に、少し面食らっている

経験のない由梨でも、そういう行為はできれば綺麗な身体で臨みたいと思う。そうでなくても、今日は暖かい日で汗もかいた。

のも事実だ。


「風呂？」

隆之が由梨の首元に唇を這わせたまま、聞き返す。

身体に力が入らない由梨は、それでも懸命に頷いた。

「ダメだ。俺はもう待てないと言っただろう」

「んっ。でも今日は、汗をかいたし……よ、汚れてるから……」

由梨は必死に訴える。が、その間も隆之の攻撃はやまない。

初めは軽く触れる程度だった唇が、今はまるで吸いつくように由梨の肌を楽しんでいる。

「由梨に汚いところなんてない。どこもかしこも、いい香りがする」

そう言って、胸元に鼻を近づける隆之の黒いクセ毛が、由梨の鼻先をくすぐる。見た目より柔らかいその髪からは、えもいわれぬいい香りがして由梨をとろかしていく。

少し高い体温が傍若無人に自分に触れてくる様は、まるで、本当に狼に食べられているようだと由梨は思った。

あぁ、このまま食べられてしまおうか――。そんな気分になりかけた時、あろうことか、隆之が由梨の白い胸元に唇を這わせて、美味しそうにペロリと舐めた。

「ひゃっ……！」

ついに由梨は耐えられなくなって、黒いクセ毛を両手でくしゃくしゃとさせながら、隆之を押し返した。

「た、隆之さんっ！　本当に……お願いします……うぅ……」

泣きださんばかりの由梨の訴えに、ようやく隆之の手と唇が止まった。そして、アーモンド色の瞳でじっと見つめたかと思うと、ふぅ、と深いため息をついた。

その様子に、由梨は再び涙が溢れそうになってしまう。やはり初めての自分と彼では、歩調が合わないのではないかと。

突然、隆之が声をあげて笑った。

「ははは！　俺、こんなに余裕がなくなったのは初めてだ」

その手放しの笑顔に、由梨は思わず見惚れる。

「え？」

「由梨、俺は自分で思うほど、大人でも余裕があるわけでもないらしい。由梨の初めてをもらう時は、もっと優しくすると決めていたのに。現に、ほら……」

そう言って隆之は由梨の右手を取り、自分の胸に当てた。その逞しい胸は、熱く、どくどくと脈打っている。

「すごく興奮している。初めての由梨を怖がらせてしまうくらいに」

由梨は戸惑いながらも、肌触りのいい彼のシャツに手を這わせる。伝わる熱が愛しくてたまらない。

「た、隆之さんでも、そんな風になるんですね」

由梨は頬を火照らせる。

自分にとっては未知の体験でも、彼にとっては手慣れた行為だと思っていた。けれど、同じように胸を高鳴らせてくれているのならとても嬉しい。

「もちろんだ。今から好きな子を初めて抱くんだからね」

またもや隆之が直接的な言葉を口にする。

これはもう、彼のクセなのかもしれないと由梨は思う。いや、そもそも紳士的だと思っていた彼は表の姿で、本来の彼は、率直で飾り気のない人物なのだろう。

だからといって慣れるわけもない由梨は、再び「もうっ」と両手で顔を覆った。

「本当に、初めてだ。こんなに人を愛おしく思うのは」

隆之の大きな手が由梨の髪をすく。サラサラと落ちる髪の感触を楽しむように、何度も、何度も。

「初めてだなんて、そんな……」

由梨はその彼の手を心地よく感じながら、隆之を見る。

数多の美女と付き合ってきたはずの彼だ。そんなわけはないとわかっていながらも、その言葉に胸をときめかせてしまう自分は、やはり、隆之にとって赤子のようなものかもしれない。

「隆之さんは、たくさんの方とお付き合いしてきたのでしょう?」

初めてだなんてそんなはずないわと、言いかけて、由梨はハッとして口をつぐむ。

隆之が微妙な表情で、由梨から目をそらしたからだ。

「あ、ごめんなさい。そう意味では……」

「いや……。前にも言ったが、そもそもは俺のせいだから」

ばつが悪そうに頬をぽりぽりとかく隆之に、由梨は思わず吹き出してしまう。とてもじゃないが、国内トップクラスの企業を率いる男の姿とは思えない。

くすくすと笑いが止まらない由梨を隆之は眩しそうに見つめる。

「でも本当だ。今までの彼女たちも皆それぞれによいところはあったが、こんな風に思ったりはしなかった。こんな風に……余裕をなくしてしまうくらい欲しいと思うのは、由梨が初めてだ」

意外すぎる隆之の言葉に、由梨は笑うのをやめ、その瞳をじっと見つめる。とても信じられない話だと思った。でも同時に、こんなに真摯な瞳の彼が嘘をついているはずがないとも思った。

「考えてみれば、俺から女性を好きになったこと自体、初めてなのかもしれない」

隆之は由梨の頬に鼻を近づけて、その柔らかな感覚を楽しむように、すりすりとくすぐりながら、囁く。

「俺にとって由梨は、奇跡みたいなものなんだよ」

それは自分こそが隆之に抱いている感情だと由梨は思う。何度も何度も彼は由梨に奇跡をもたらしてくれた。

「隆之さん！」

なんだが胸がいっぱいになって、由梨は彼に抱きついた。

「私も……私も同じです！　隆之さんと結婚できて、嘘みたいに幸せなんです」

突然感情を爆発させた由梨に、一瞬戸惑ったように反応が遅れた隆之だったが、それでも、すぐに彼女を大きな腕で柔らかく包む。

由梨は、隆之を見上げた。アーモンド色の瞳が、優しく由梨を見下ろしている。

経験値の違いは仕方がないと頭では納得していても、感情は別物だ。これからも、折に触れて、複雑な感情を抱くのかもしれない、そうだとしても、なるべく気づかれないようにしなくては……と思っていたが、今の隆之の言葉ですべてが吹き飛んだ。憂いが晴れて微笑む由梨の背中を、隆之は大きな手でポンポンと優しく触れる。そして、突然由梨を抱えたまま立ち上がった。

「きゃっ！」

急に高くなった視線に、由梨は慌てて隆之にしがみつく。

「な、なんですか⁉」

由梨が隆之を見ると、彼はニッコリと微笑んで信じられない言葉を口にした。

「風呂に行こう」

「は？　え⁉　ちょっ、ちょっと待ってください！」

すぐにでも部屋を出ようとする勢いの隆之を、由梨は慌ててふためいて止める。

「ま、待ってください。ひ、ひとりで行けます」

バスルームは寝室のすぐ隣だ。抱っこで連れていってもらう理由もない。結婚式の夜のように、酔っ払っているわけではないのだから。

そんな由梨を平然と見下ろして、またもや隆之が信じられないことを言った。

「でもどうせふたりで入るなら、このまま一緒に行ったほうがいいだろう」

「え⁉　い、一緒に⁉」

驚きすぎて、普段の由梨からは考えられないほどの大きい声が出た。その声に自分でもびっくりして、慌てて由梨は口を押さえる。それなのに、そうさせた張本人である隆之は涼しい顔で頷く。

「そうだ。風呂に入りたいんだろう？　由梨が言ったんじゃないか」

一体、どこをどう解釈したらそんな風になるのだと、由梨は理解に苦しむ。このシチュエーションで由梨がそれをＯＫするはずもないと、有能な彼ならわかりそうなものなのに……。

「わ、私は、ひとりで入りたいんです！」

恥ずかしいのと混乱しているのとで、またもや大きな声が出てしまった。でも、もうかまってはいられない。黙っていたら、このままバスルームへ連行されてしまう。それだけは避けなくては。

「……なんだ、そうなのか」

隆之はやや残念そうに呟き、ようやく由梨を下ろした。

「そうに決まっています！」

女性たちとどのような付き合い方をしたらこんな発想になるのだろうと、由梨はさっき彼の過去は気にすまいと思ったことも忘れ、頬を膨らませる。

その頬を隆之はつついた。

そして笑う。

「やっぱり……こうやって怒る由梨も可愛いな。わかったよ、ゆっくり準備しておいで。俺も由梨のあとに入ろう」

多少の複雑な気持ちはあるものの、兎にも角にも、思い通りになってよかったと由梨は胸を撫で下ろす。そして、バスルームへ向かおうと部屋を出ようとした由梨に、隆之が念を押すように言った。

「ただし、俺が入っている間に、先に寝たりしたらダメだぞ」

由梨の頭に、結婚式の日の夜に眠りこけてしまった苦い思い出が浮かぶ。

「……はい」

バスルームへ向かう廊下で、彼は意外と根に持つタイプなのかもしれないと思い、由梨はまたくすくすと笑ってしまうのだった。

柔らかな朝の日差しを感じて、由梨は薄く目を開く。自分より少し温かい何かに包まれているのを感じた。

こんなにぐっすりと眠ったのは、久しぶりだ。

視界がはっきりとして、自分を包む温かい何かが、隆之だと気がついた。

（あ、そうだ。私、昨日は隆之さんと眠ったんだった）

由梨を腕に抱いて、どこか無防備に寝息をたてる彼の姿に、由梨は珍しいものを見ているような気分になる。

このベッドで、ふたりで眠るのは初めてではない。

でも結婚してからずっと隆之は由梨が寝てから寝室へ来て、由梨が目を覚ます前に起きていた。だから、こんな風に彼の寝顔を見るのは初めてだ。

高い鼻梁、男らしい眉、長い睫毛、そしてクセのある黒い髪に、由梨はそっと手を伸ばし触れてみる。

それでも、隆之は眠ったままだった。

考えてみれば、由梨の事件の処理のために会社をしばらく空けた彼は、ここのところいつにも増して激務だった。それに加えて、連日飲み歩いていたというのだから、疲労はピークに達していたのかもしれない。

それなのに昨日の夜は——。

そこまで考えを巡らせて、由梨はひとりで赤面してしまう。急に、昨夜の出来事を思い出してしまった。

由梨は風呂から上がったところで、待ちかまえていた隆之にベッドへ連れ込まれてしまった。あとから俺も入ると言ったくせに、『やっぱり待てない』などと言って。

完全にスイッチが入ってしまった彼は、『ちゃんと起きて待っていますよ』と言う由梨の言葉にも耳を貸さなかった。

狼が仕留めた獲物に食らいつくような性急さで、由梨をベッドに縫いつけた隆之は、そのまま食べ尽くすように由梨を愛した。

由梨のすべてを求め、味わい、圧倒した。

狂おしいくらいの快感と甘い痛みに、自分が自分でなくなるような恥ずかしい経験だったけれど、同時にとても幸せな時間だった。

男性を愛する未来など、自分にあるのだろうかと思っていた頃が嘘のようだ。愛する人の隣で、こんなに幸せな気持ちで朝を迎えられるなんて。

ようやく、彼と本当の夫婦になれた。

そんな幸福を噛みしめながら、由梨が人差し指で隆之の鼻をチョンとつついた、その時――。

「いたずらばかりしてると、また襲われるぞ」

隆之の目が開いた。

「あ、お、おはようございます」

「ん、おはよう」

隆之は微笑んで、大きく伸びをした。

「どうせ起こすなら、キスで起こしてくれたらよかったのに」

ニヤリと意味ありげに言って、隆之が由梨を見る。

その時になって、由梨は自分がべったりと隆之にくっついたままだと気がついた。

慌てて身体を起こそうとすると、鈍い痛みが下半身に走る。思わず顔を歪めた由梨を見て、隆之が眉をひそめた。

「大丈夫か？　……ごめん、昨夜は無理をさせたな。つい夢中になりすぎた」

大きな手が由梨の頬を慈しむように撫でる。その温もりを心地よく感じながら、由梨は首を振った。

「だ、大丈夫です」

「今日は土曜日なんだから、もう少し寝てていいぞ。本当にすまない。優しくするって言ったのに、結局途中から――」

「た、隆之さん！」

由梨は慌てて彼を止めようと、思わず手で彼の唇を押さえた。太陽が燦々《さんさん》と差し込むこの明るい部屋で、昨夜の出来事を口にされてはたまらない。

由梨の手の下で、隆之はもう一度、ニヤリと笑う。

そして彼女の指をペロリと舐めた。

「ひゃっ！」

由梨が驚いて声をあげると、隆之は枕に顔を埋めて笑っている。

「これくらいは慣れてもらわないと。俺の奥さんなんだから」

そんなこと言われても、と由梨は頬を膨らませる。こういう時の彼は、本能のままというか——。

「本当、狼みたい」

「え、狼？」

隆之に聞き返されて、由梨は考えが声に出てしまったと気がついた。

「いえ、その……」

「そういえば、学生時代もそんな風に言われたな」

くるりと体勢を変えて、隆之は思い出すように天井を見上げた。

「髪がクセ毛で、目つきが悪いとか言われて。よく怖がられたな、女の子に……あ、いや」

じっと見つめる由梨の視線を受けて、隆之は口をつぐむ。でも、由梨は別のことを考えていた。

「私もずっと、隆之さんって狼みたいって思っていました」

言いながら身体を起こすと、隆之の腕が由梨の腰を囲むように支えた。

「母が亡くなったばかりの頃、私が家で泣いてばかりだったのを見かねて、父が動物園に連れていってくれたことがあったんです。あとにも先にも、父とふたりで出かけた思い出なんて、それ一回きりだったんですけど……」

由梨は寝転んだままの隆之を見つめる。

「そこにいた狼に、私、夢中になってしまったんです。強そうな瞳がとにかく美しくて……。あとから考えたら、唯一の味方だった母を失って、心がとにかく強いものを求めていたのかもしれません」

由梨は当時の自分を思い出し、くすりと笑った。

「私がいつまでも檻から離れないものだから、父が呆れて、帰りに本屋に寄って狼の図鑑を買ってくれました」

図鑑はボロボロになって、でもまだ由梨の本棚にある。

「狼は群れの絆《きずな》が強いんです。その頂点に立つオスは、アルファって呼ばれるんですけど、強くて家族をとても大切にするんです」

狼は、いつも由梨の憧れだった。

「子供の頃から私、今井家にいてもいつもひとりだったから……大きくなったら狼になって、強いアルファの家族になりたいって思っていました。ふふふ、本気で思っていたんですよ」

枕に肘をついた隆之の瞳が揺れた。

「隆之さんの目は、鋭くて、澄んでいて、綺麗で、まるで狼みたいだなって思ったら、私——きゃっ！」

隆之が突然由梨の腕を引き、もう一度腕の中に抱いた。

「思ったら？」

じっと由梨を見下ろして目を細めた。

「……いつの間にか好きになっていました」

由梨はその大好きな瞳を見上げる。

「なるほど、じゃあ、俺は由梨のアルファってわけか」

甘く囁かれて、由梨はこれ以上にないくらいの幸福感に包まれる。

そう、憧れ続けた家族を由梨も見つけた。もう寒い森をさまよい、泣くことはない。

「けどまいったな、目つきが悪いのはあまり表に出さないようにしているんだが」

隆之が眉を下げて首に手を当てる。人の上に立つ彼は、社員からどう見られているかを常に意識している。

「ふ、普段はそんな風には思いません。会社では穏やかな上司で……だから、私、隆之さんを全然意識していなかっ……あ、いえ、なんでもありません」

隆之にジロリと睨まれて由梨は口をつぐむ。そしてふてくされたような彼を見て、目を瞬かせる。

隆之が右の眉を上げた。

「じゃあ、いつから？」

「え？」

「いつから俺を男として見るようになった？」

いつからだろうと、由梨は記憶を手繰り寄せる。数ヵ月前までは、本当にただの上司だった。それが今では、隆之は由梨にとって、なくてはならない存在だ。

彼に惹かれ始めたのは……。

「初めて、この家に来た時ですね」

「え？　そんなに前から？」

隆之に聞き返されて、由梨は頬を染めて頷いた。

「多分そうです。初めてふたりだけでお話しして……よく見てみたら、とても素敵だなぁって……」

突然、隆之がボスッと枕に顔を投げ出し、「あぁー」とくぐもった声を出した。

「隆之さん？」

しかし彼は、由梨が尋ねても何も答えない。ただぐしゃぐしゃと髪をかいている。

そして、しばらくすると枕から顔を外して、ぐるりと由梨のほうを向いた。

「あの頃から俺を意識していた？　だったら、俺のここ数ヵ月の我慢は、なんだったんだ？」

「は？　我慢って？」

「好きでもない男との結婚に追い込まれて、かわいそうだと思ったから、手を出さなかったのに！」

まるで失敗したとでも言うように、隆之は頭をかいて再び枕に顔を埋めた。

「隆之さんったら‼」

由梨は声をあげて笑いだしてしまう。

結婚したての頃、由梨の気持ちが決まるまでは無理をしなくてもいいと言ってくれた彼の余裕に、寂しさすら感じたというのに。

(やせ我慢だったなんて!)

きっと、これからふたりは、お互いに知らなかった一面を、わからなかった胸の内を、こんな風にして共有していくのだろう。そんな未来が待っていると思うと、由梨は心に明るい新鮮な光が差し込むような心地になった。

笑いが止まらない由梨を、隆之も笑顔で見つめている。あの、相手を魅了する狼の瞳ではないけれど、きっとアルファだって家族を見守る時は、こんな優しい瞳をしているに違いない。

「狼は群れに複数のメスを持つだろうが、俺はひとりだけだ、由梨。……ずっと、ずっと由梨だけだ」

力強い隆之の誓いが、由梨の心を温かいもので満たしていく。

やっと見つけた、自分だけの場所。

ここで生きていこうと思える場所。

「はい、私……私、隆之さんを愛しています。私、隆之さんと結婚できて、よかったです」
隆之の大きな胸に顔を埋めて、由梨は目を閉じた。
こんな幸せな朝が、ずっとずっと続いていくと信じて。

完

あとがき

はじめまして、皐月なおみと申します。このたびは、私の初めての書籍化作品『政略結婚は純愛のように～狼社長は新妻を一途に愛しすぎている～』をお手に取っていただき、ありがとうございます。楽しんでいただけたでしょうか。

当初、『結婚』をキーワードにラブストーリーを書き始めたはずが、途中から私自身、主人公の由梨を大好きになってしまい、結局、彼女の成長記のようにもなってしまいました。ですが、もちろん隆之にもたっぷりの愛情を込めましたので、読んでくださった方が、由梨と一緒になって彼にドキドキしていただけていたら、嬉しいです。

私にとって彼らは、自分が生み出したキャラクターというよりは、遠いところに住む友人のような存在です。

苦難を乗り越えて結ばれたふたりに、心からの祝福を贈りたいと思います。

そして読んでくださった方にも、彼らに私と同じような親しみを感じていただけていたらとても嬉しいです。

そんなふたりを、これ以上ないくらいに素敵に描いてくださった北沢きょう先生、本当にありがとうございました。

自分の書いた小説に、こんなに素晴らしいカバーイラストをつけていただけるなんて、本当に、本当に、夢のようです！　先生が描いてくださったカッコいい隆之に惹かれて、本を手に取っていただいた読者の方も、たくさんおられたことと思います。

ありがとうございました。

また、この作品を書籍化してくださった出版社様、初めての作業で右も左もわからない私を優しく導いてくださった編集担当様、私の初めての作品に携わってくださったすべての方にお礼を申し上げます。

ありがとうございました。

そして最後に、本を出すという大それたことに挑戦をする私の背中を押してくれ、一緒にペンネームを考えてくれた家族にも、感謝の気持ちを贈りたいと思います。

ありがとうございました。

皐月《さつき》なおみ

皐月なおみ先生への
ファンレターのあて先

〒104-0031
東京都中央区京橋1-3-1
八重洲口大栄ビル7F
スターツ出版株式会社　書籍編集部　気付

皐月なおみ先生

本書へのご意見をお聞かせください

お買い上げいただき、ありがとうございます。
今後の編集の参考にさせていただきますので、
アンケートにお答えいただければ幸いです。

下記URLまたはQRコードから
アンケートページへお入りください。
https://www.berrys-cafe.jp/static/etc/bb

ベリーズ文庫

政略結婚は純愛のように

～狼社長は新妻を一途に愛しすぎている～

2020年4月10日　初版第1刷発行

著　者　皐月なおみ

発行人　菊地修一
デザイン　hive & co.,ltd.
校　正　株式会社　文字工房燦光
編　集　阪上智子　三好技知（ともに説話社）
発行所　スターツ出版株式会社
〒104-0031
東京都中央区京橋1-3-1　八重洲口大栄ビル7F
TEL　出版マーケティンググループ　03-6202-0386
（ご注文等に関するお問い合わせ）
URL　https://starts-pub.jp/
印刷所　大日本印刷株式会社

Printed in Japan

乱丁・落丁などの不良品はお取替えいたします。
上記出版マーケティンググループまでお問い合わせください。
定価はカバーに記載されています。

ISBN 978-4-8137-0882-7　C0193

ベリーズ文庫 2020年4月発売

『猛獣御曹司にお嫁入り～私、今にも食べられてしまいそうです～』　砂川雨路《すながわあめみち》・著

デパートの社長令嬢・幾子は、大企業の社長・三実に嫁ぐことに。形だけの結婚と思っていたのに、初夜を迎えるやいなや、彼は紳士的な態度から一転、獰猛な獣のごとく幾子に容赦なく迫ってくる。「覚悟を決めろ。おまえは俺のものになる」——箍が外れたかのように欲望をぶつけられ、身も心も籠絡されて!?

ISBN 978-4-8137-0880-3／定価：本体650円＋税

『エリート御曹司は溺甘パパでした～結婚前より熱く愛されています～』　佐倉伊織《さくらいおり》・著

大手メーカーで働く忍は、上司で御曹司の浅海と恋に落ちる。しかし浅海には親が決めた結婚相手が。周囲から結婚に猛反対されてしまった忍は子供を身ごもるも、身を引きひっそりと出産をすることに。しかし数年後、慎ましくも穏やかに暮らしていた忍の元に、浅海がやってきて結婚宣言されてしまい…!?

ISBN 978-4-8137-0881-0／定価：本体660円＋税

『政略結婚は純愛のように～狼社長は新妻を一途に愛しすぎている～』　皐月《さつき》なおみ・著

上司である副社長・加賀から突然、求婚された由梨。これは敵の多い彼が穏便に社長になるための政略結婚と説明され、納得した彼女は受け入れる。社長となった彼とは結婚後も〝上司と部下〟の距離を保っていたが、ある夜、加賀に激しく抱きしめられ、「君の中で、俺はまだ社長のままか？」と甘く囁かれ…。

ISBN 978-4-8137-0882-7／定価：本体650円＋税

『切愛願望～極上御曹司の庇護欲からは逃げられない～』　滝井《たきい》みらん・著

地味OLの美織は、ある日男に襲われそうになったところを、憧れの人である玲司に助けられる。心配した玲司は強引に美織を同居させることに。実は玲司は大手商社の御曹司で、大人の魅力全開で美織をこれでもかと甘やかしてくれる。恋心が抑えきれない美織に、玲司はさらに甘いキスを仕掛けてきて…!?

ISBN 978-4-8137-0883-4／定価：本体660円＋税

『離婚前提。クールな社長と契約妻のとろ甘新婚生活』　紅《くれない》カオル・著

フラワーショップに勤める百々花はある朝目覚めると、憧れのブライダル会社社長・千景のベッドにいた。その前夜、酔った勢いで離婚前提の契約結婚に承諾していたのだ。偽りの結婚のはずが、いざ同居が始まると本当の妻のように大切にされる百々花。毎晩のおやすみのキスで溺愛に拍車がかかっていき…。

ISBN 978-4-8137-0884-1／定価：本体660円＋税

タイトル、価格等は変更になることがございますのでご了承ください。